나만 죽고 싶은 걸까

나만 죽고 싶은 걸까

초판인쇄 2021년 11월 24일
초판발행 2021년 11월 30일

지은이 오지은
발행인 조현수
펴낸곳 도서출판 더로드
마케팅 최관호
IT 마케팅 조용재
교정교열 강상희
디자인 디렉터 오종국 Design CREO

ADD 경기도 고양시 일산동구 백석2동 1301-2
넥스빌오피스텔 704호
전화 031-925-5366~7
팩스 031-925-5368
이메일 provence70@naver.com
등록번호 제2015-000135호
등록 2015년 06월 18일

정가 15,000원
ISBN 979-11-6338-195-2 03810

나만 죽고 싶은 걸까

당신도 우울증입니까?

오지은 지음

도서출판 더로드
The Road Books

Prologue
들어가는 글

"나는 상처 받았던 과거의 나를 만나 다독여주는 사람이 되기로 했다"

내 나이 36살. 세상을 향해 '나 죽고 싶어.' 이 한마디를 꺼내기가 어려웠다. 물론 현재도 쉽지 않다. 말하고 싶었지만 말할 수가 없었다. 그 누구에게도 부정적인 말은 듣고 싶지 않았기에. 가슴에 돌덩이가 있는 것 같았다. '혼자서 짊어지고 가야 하는구나.' 마음속으로 되새겼다. 하지만 이제는 용기를 내야 한다. 지금껏 답답한 마음이 들 때마다 나의 생각들을 블로그에만 풀어내었었는데 감사하게도 기회가 되어 책으로 낼 수 있게 되었다. 나와 생각을 함께 나누는 독자들이 생긴다는 것이 얼마나 설레는 일인지를 경험하고 있기에 행복감이 밀려온다.

나는 블로그에서 헤바(heba)라는 닉네임으로 활동하고 있다. 떠올리기 싫은 트라우마, 외면받아야 했던 나 자신, 죽고 싶은 심정 등 어두운 글을 쓰기 시작했다. 그런데 의외로 '진심으로 공감했어요.', '부모를 계속 원망하게 돼요.', '비슷한 환경에서 자랐어요.', '지금 울고 갑니다.', '저도 죽고 싶어요.' 등 여러 가지 모양의 댓글을 받으며 생각했던 것보다 우울증으로 고생하는 사람들이 많다는 사실을 알게 되었다. 나도 그 댓글들에 감동해서 장문의 댓글을 달아 소통했다. 솔직하게 기록한 것이 공감을 받을 수 있었으며 위로가 될 수 있었다.

그러나 우울증은 좀처럼 쉽게 나아지지 않았다. 오히려 더 악화되었다. 나는 자진해서 폐쇄병동에 한 달 동안 입원했다. 막상 입원해 보니 모두가 생각하는 무섭고 어두운 병원이 아니었다. 이곳도 사람 사는 곳이라는 생각이 들었다. 같은 병실에서 만난 지영 언니가 내가 책 읽는 모습을 보며 이렇게 말한다.

"지은아~ 너는 작가가 어울리는 것 같아."
"내가? 그런가? 그런 생각 안 해봤는데."
"응~ 그런 느낌이 드는데?"

조울증을 앓고 있는 지영 언니는 첫눈에 내가 작가가 되리라는 것을 알았다.

폐쇄병동에 입원하면 할 수 있는 일이 적다. 시간이 많이 남는다. 한 달 동안 천천히 책을 읽었다. 관심 있는 분야는 심리 책이었다. 책을 읽고 마음에 드는 문장이 있으면 노트에 남겨 놓곤 했다. 퇴원하면 무엇을 할 것인지 천천히 생각해 보았다. 블로그에 기록한 것과 지금 이 순간을 기록한 것을 책으로 출간해야겠다는 결심을 하게 되었다.

내 버킷리스트에는 '에세이 출간, 작가 되기' 가 있다. 그리고 '강연하기' 가 있다. 내가 살아온 가정환경은 부정적이었다. 누군가가 나에게 할 수 있다는 긍정적인 메시지를 준 것은 처음이었다. 설레었다. 내가 작가가 되기로 결심하기까지는 그리 많은 시간이 걸리지 않았다. 나는 결단력과 실행력이 빠른 게 장점이다.

'나도 책을 낼 수 있어.' 어쩌면 나의 이야기가 타인에게 도움이 될 수 있다는 생각에 행동으로 움직이기 시작했다. 누군가에게는 이 책이 절실하지 않을 수 있다. 그러나 매일 눈물이 나오고, 우울증이 있고, 죽고 싶은 생각이 있고, 극단적 선택으로 이어진 경험이 있는 사람에게는 절실할 수 있다. 나도 그랬으니까. 그만 살고 싶은 마음은 나이에 상관없이 생길 수 있다. 나이가 적든, 나이가 많든, 사는 게 고통스럽고 힘들고 괴롭다 보니 죽고 싶은 마음이 드는 것이다.

이 책은 독자들을 위해서 쓰기도 했지만, 결국 나를 위해서 썼다고 할 수 있을 것이다. 나는 상처 받았던 과거의 나를 만나 다독여주는 사람이 되기로 했다. 외로웠고, 미워했고, 원망했었다. 내가 나를 용서하고 아픔을 보듬어주는 작업이 끝나기까지 9개월이 걸렸다. 아픔이 우울증으로 나타나 글 쓰는 기간에도 힘든 시간이 많았다. 하지만 나는 멈추지 않았다. 마음의 상처가 생긴 곳에 다시 상처를 내지 않는 방법은 스스로 나를 돌봐주는 것이다.

우울증에 대한 전문 서적은 아니지만, 최대한 내가 실제로 경험한 내용을 바탕으로 썼다. 나처럼 우울증인지도 모른 채 시간이 지나서 병이 더 심해진다면 이 얼마나 안타까운 일인가. 마음의 건강도 나 자신이 지킬 수 있도록 노력해야 한다.

이 책은 우울증이 의심되는 사람이나 그 가족들에게 필요한 책이 될 것이다. 그리고 병원에 가야 하는 걸 알면서도 버티며, 병을 더 키우고 있는 사람들에게 도움이 될 만한 책이다. 나는 한 명이라도 더 병원에 가서 도움을 받기 바라면서 이 글을 썼다. 동시에 소통하고 싶은 우울증 환우들이 있다면 그들의 이야기를 들어주며 감사의 마음도 표시하고 싶다.

2021년 10월에…

저자 오지은

Contents
차례

• 들어가는 글 _ 4

01 제 1 장 누구나 죽고 싶은 마음이 있는 줄 알았다

01 자살시도를 하다 14
02 다섯 번의 극단적인 선택 후 21
03 왜 이제야 오셨어요? 29
04 공황장애까지 덮치다 35
05 대인기피증, 연락 두절되다 41
06 현실을 부정하다 47
07 부모님과 손절하다 51
08 이러지도 저러지도 못한다 58

02 제 2 장 진짜 내 모습은 어디로 갔나

01 아무것도 할 수 없는 나 68
02 할 수 있는 건 죽는 것뿐 75
03 1년이 지나도 변한 게 없다 81
04 슬픔이 가득한 얼굴 87
05 더 이상 쓸 가면이 없다 93
06 화가 날 때 98
07 유서를 남기다 104
08 환청, 환시를 경험하다 110

03 제 3 장 선생님 죽고 싶어요

01 과거에 대해 이야기해 볼까요 116
02 모든 것을 다 말하지 않아도 괜찮아요 122
03 누가 내 마음 좀 알아주세요 128
04 선생님 죽고 싶어요 135
05 죽고 싶은 날짜 140
06 속마음을 털어 놓다 145
07 우울증의 원인 149
08 선생님 입원하고 싶어요 157

04 제 4 장 죽고 싶지만 치킨은 먹고 싶어

01 살고 싶다 살고 싶다 164
02 나와 마주하기 173
03 매일 이렇게 어떻게 살아요 179
04 다시 마음이 무너져 내리다 185
05 나 혼자 해결할 수 없어 191
06 우울증을 당당하게 알리기 197
07 부모님에 대한 원망 멈추기 203
08 내면과 대화하기 209
09 새로운 꿈 찾기 215

05 제 5 장 당신에겐 죽음이 답이 아니다

01 집에서 가까운 병원 찾기 224
02 의사 선생님도 취향대로 선택 228
03 약 처방을 확인하자 235
04 참는 것은 미덕이 아니다 240
05 우울증, 있는 그대로 받아들이기 247
06 블로그에 우울증 일기 쓰기 256
07 내 가족이 우울증이라면 261
08 폐쇄병동 입원하기 268
09 들어줄 사람 필요해? 275

• 마치는 글 _ 280

〈 제 1 장 〉

누구나 죽고 싶은 마음이 있는 줄 알았다

01 자살 시도를 하다

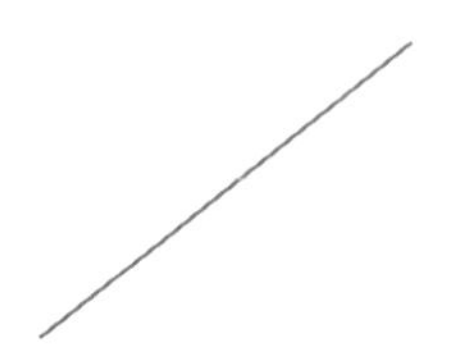

죽고 싶었다. 아니 살기가 싫었다. 그땐 몰랐다. 다리를 다치면 병원에서 치료받듯이 마음을 다쳤을 때도 병원에서 치료를 받아야 한다는 것을. 가까운 사람에게 도움을 요청해야 하는 방법도 몰랐다. 열두 살. 매미 소리가 시끄럽던 어느 날, 나는 바쁜 부모님을 대신해 청소를 하고 있었다. 거울에 비친 나를 보았다. 얼굴에 쉴 새 없이 흐르는 땀은 등까지 이어졌다. 얼굴을 숙여 걸레질을 하니 안경에 땀이 떨어졌다. 이때 초인종 소리가 들렸다. 내 동생이었다.

"누나, 집에서 친구들이랑 놀 거야!!"

이 한마디에 순간 눈물이 핑 돌았다. 걸레를 잡고 있는 내 손은 떨렸고, 목이 메어 대답을 할 수 없었다. '누나니까 모범을 보여야지, 누나니까 동생을 돌봐야지.' 엄마의 말이 떠오른다. '나도 친구들이랑 놀고 싶은데....' 마음속으로 대답했다. 나는 아무 말 없이 해야 할 일을 했다. 빨래를 세탁기에 돌려서 말려 놓았다. 동생 밥을 차려주고, 설거지까지 끝내 놓으면 저녁 시간이 된다. 이미 내 몸은 녹초가 되었다. 나에게도 쉬는 시간이 있었으면 했다. 소파에 털썩 앉으며 힘없이 동생에게 말한다.

"영준아, 숙제 가지고 와."

숙제를 챙기는 것도 나의 몫이었다. 동생은 더 놀고 싶다며 말을 듣지 않았다. 내 얼굴은 붉어졌고 꽉 쥔 주먹은 부르르 떨리고 있었다. 한 대 쥐어박고 싶었지만 참았다. 아무리 누나라도 내 말을 듣지 않는 것을 어쩌랴. 하기 싫은 숙제를 억지로 시키고 싶지는 않았다. 결국 영준이는 숙제를 하지 않았다.
시간이 얼마나 지났을까? 시계를 보니 밤 9시가 되었다. 부모님은 아직 오시지 않았다. 영준이도 피곤했는지 침대에서 자고 있었다. 집은 고요하고, 밖은 캄캄해져서 무서웠다. 등이 오싹해지면서 부모님이 빨리 오시기를 기다렸다. 밤 10시쯤이 되어서야 부모님이 돌아오셨다. 반가운 마음에 인사를 하러 나갔지만 두 분 사이에서 왠지 모를 차가운 분위기를 감지하고 나는 다시 방으로 돌아왔다. 아니나 다를까, 거실에서 크게 싸우는 소리가 들렸다. 나는 내 방 책상 앞에 앉아 숨죽이며 앉아있었다. 뭔가 안 좋은 일이 일어날 것 같은 마음에 몸은 긴장되고 불안감이 밀려왔다. 부모님이 한참을 싸운 후에야 집이 조용해졌다. 엄마는 어김없이 내 방으로 들어와 말한다.

"집 안 청소는 다했어? 영준이 숙제는 다 봐줬고?"
"청소는 다 했는데, 영준이가 놀고 싶대서 못 했어."

엄마는 숙제를 봐주지 않았다는 것에 화가 났는지 입술을 콱 깨물며 말씀하셨다.

"누나니까 네가 동생을 챙겨야지! 아빠 닮아가지고, 하는 짓이 영 맘에 안 든다니까."

나는 조용히 듣고만 있었다. 엄마가 일하느라 힘들었던 것처럼, 나에게도 힘든 하루였다는 것을 엄마가 알아주셨으면 했다. 영준이는 내가 챙겨주는데, 나에게는 나를 챙겨주고, 내 마음을 알아주는 사람이 없었다. 눈물이 글썽거렸다. 엄마의 잔소리는 끝나지 않았고, 뭘 잘했다고 우냐는 핀잔을 들어야 했다. 나는 미간을 찡그렸다. 호흡이 가빠 왔다. 엄마가 방에서 나간 후 한참 동안 호흡이 진정되지 않았다. 그때 마음속에 이런 생각이 들었다. '다 나 때문이야.', '나만 잘하면 되는 거야.', '내가 없어지면 그만이지.', '죽고 싶다.', '내가 죽으면 다 행복해질 거야.' 그리고 나는 죽음을 결심했다. 처음 극단적 선택을 시도한 나이가 열두 살이었다.

"터벅터벅 터벅터벅"

그 다음날, 학교 끝나고 집으로 돌아왔다. 우리 집 16층을 눌렀다. 전날과 같은 마음이어서였을까? 엘리베이터가 떨어졌으면 했다. 여러 가지 상상을 하는 동안 집에 도착했다. 가방을 바닥에 툭 던져 놓고 나왔다. 나도 모르게 옥상을 올라가고 있었다. 한 계단, 한 계단, 밟을 때마다 세상에는 나 혼자만 있는 것 같았다. 고개를 푹 숙였다. 눈물이 계단에 떨어지는 순간 털썩 주저앉았다. 온몸에 힘이 풀렸다. 한참을 멍하니 있었다. 죽어야 한다는 굳은 결심이 다시 몸을 일으켰다. 옥상 문을 여는 순간 가장 높은 곳의 공기를 마실 수 있었다. 공기는 달콤하기도 했지만 쓰기도 했다. 시간을 더 끌면 죽음에 실패할 것 같아서 아파트 벽 끝까지 빠른 걸음으로 걸어갔다. 주변을 둘러보았다. 바람 한 점 없었다. 맑은 하늘을 올려다보고 아래로 내려다보는 순간, 다른 동의 아파트들에 둘러싸여 있는 모습이 답답했다. 19층의 높이를 실감할 수 있었다. 온몸에 전율이 쫙 흐르면서 떨어졌을 때의 내 모습을 상상하게 되었다. 다리가 후들거리고 손은 떨리고 심장은 빠르게 뛰고 있었다. 이제 모든 준비는 끝났다. 뛰어내리기만 하면 된다. 번지 점프를 하면 이런 느낌일까? 잘은 모르겠지만 그 순간만큼은 삶에 대한 미련이 없는 사람이었다. 속으로 숫자를 셌다. 하나. 둘. 셋!

살며시 눈을 떴다. 결국 죽지 못했다. 긴장이 풀렸다. 바닥에 주저앉아 목 놓아 울었다. 아무것도 느껴지지 않았다. 바람도, 구름도, 공기도 모든 게 멈춰 있는 것 같았다. 이 상태로 다시 집으로 가면 다람쥐 쳇바퀴 도는 것처럼 살아가겠지. 그렇게 될 것을 알기 때문에 쉽게 발이 떨어지지 않았다. 지금보다 손톱만큼만 더 마음 편하게 살고 싶을 뿐인데, 삶은 무거운 돌덩이를 내 등에 업어주었다. 어쩌면 첫 번째 극단적인 선택은 기도에 더 가까울지 모른다. 죽음 실패 이후 아무 일 없었던 것처럼 행동했다. 오히려 밝게 지냈다.

이때 이미 초기 우울증이 진행되고 있는 줄 몰랐다. 단지 말을 하지 못하고 있을 뿐이지, 죽고 싶다는 생각은 누구나 한 번쯤 해보는 것인 줄 알았다. 당연히, 병원에 가야 한다는 생각도 하지 못했다. 우울한 기분이 태어날 때부터 주어진 내 성격인 줄 알았기 때문이다. 만약, 지금 이 글을 읽고 있는 당신에게 죽고 싶은 생각이 든다면, 죽기 전에 한 번이라도 병원을 가거나, 주변에 도움을 요청하거나, 자살예방 상담전화 1393번으로 전화하길 바란다. 나는 당신이 살아있었으면 좋겠다.

지은아, 많이 외로웠구나. 나에게로 와. 따뜻하게 안아줄게. 너의 잘못이 아니야. 억울하다고 생각되었겠구나. 가족을 위해서 희생하는 것이 버겁게 느껴졌을 거야. 그 당시에는 정서적 교류를 할 사람이 없었지? 나 자신과도 대화할 수 있다는 사실을 그땐 몰랐으니까. 지은아, 한창 친구들과 어울려 놀았어야 할 어린 나이에 엄마 대신 집안 살림을 돕고, 동생을 돌보느라 고생이 많았어. 부모님께 '고마워.' 라는 말, 듣고 싶었지? 늦었지만 내가 대신 말해줄게. 엄마 아빠 도와줘서 정말 고마워. 그리고 살아있어 줘서 고마워.

02 다섯 번의 극단적인 선택 후

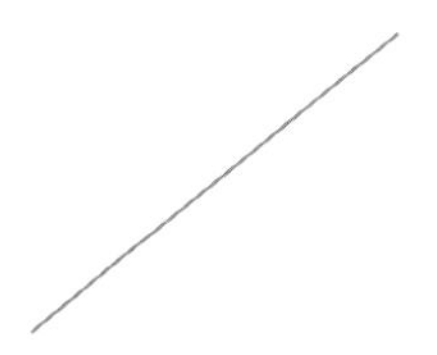

정신과 병원은 분위기가 어둡고 무섭다는 편견이 있었다. 그러나 그것은 나의 편견일 뿐이었음을 병원에 가보고 나서야 알게 되었다. 병원 대기실에 흘러나오는 잔잔한 음악은 내담자를 위로해 주는 듯하다. 가만히 의자에 앉아 기다릴 때는 무슨 말을 해야 할지 고민도 된다. 나를 따뜻하게 반겨주는 분도 있지만, 반대로 퉁명스러운 선생님도 계신다. 질문에 대답하면 그에 맞는 약 처방을 해준다. 처음 병원을 방문했을 때, 진료가 간단해서 나는 깜짝 놀랐다. 감기에 걸리면 병원에 가서 의사 선생님께 진료를 받고 약을 처방받아 나오듯이 그냥 가면 되는 거였다.

스물여섯, 나는 회사에서 퇴근하고 집으로 돌아오면 무기력해졌다. 큰 소리로 울고 싶었지만, 부모님이랑 같이 살았기 때문에 이불을 뒤집어쓰고 소리 나지 않게 울음을 터트렸다. 슬픈 음악을 듣거나 슬픈 영화나 드라마를 보며 내 안에 있는 우울한 감정을 해소 시켰다.

"지은 씨, 요즘 따라 실수가 왜 이렇게 많아?"

나를 툭툭 건드리는 사람들의 말에 회사 옥상에서 오열하기 일쑤였다. '나는 역시 일을 못 해. 이사님은 나를 싫어해. 콱 죽었으면……' 극단적인 생각도 들었다. 가만히 있던 꽃이 흔들리기 시작하면 작은 바람조차도 날카로워서 서 있기도 힘들다. 무엇인가가 나를 바닥으로 밀어내고 있었다. 시계를 보았다. 점심시간이 끝나간다. 나를 찾는 사장님의 목소리가 들린다.

"지은 씨, 결제할 거 빨리 가지고 와!"

다시 일하고 퇴근하여 집에 간다. 또 눈물을 흘린다. 이런 생활이 무한 반복되었다. 가끔 친구와 수다를 떨어도, 매일 애인과 사랑을 나누어도 소용없었다. 나는 답답한 마음이 들면 싸이월

드에 글을 쓰곤 했다. '우울해.' 라는 말을 자주 사용했다. 친구들은 왜 우울 모드냐고 물어보았다. 그냥 우울하다고 대답했다. 남자친구에게 심하게 짜증을 내기도 했다. 그때 당시에는 왜 그런지 나도 알 수 없었다. 우울증을 우울감으로 착각했던 것이다. 당시에는 일상생활을 이어 나갈 수 있을 정도였지만 서른 살이 넘으면서 마음이 서서히 무너지기 시작했다.

서른네 살부터 서른여섯 살까지 자해를 했다. 삶을 다 놔버렸다. 더 이상 일상생활을 할 수 없었다. 내가 살고 있는 삶을 그저 버틸 뿐이었다. 세월이 지나 몸은 자랐지만, 어릴 때의 마음이 자라지 못했다. 불안은 내 친구였다. 어느새 나도 다른 사람들 삶에 나를 비교하며 살고 있었다. 다른 친구들은 안정적으로 보였다. 나만 불안정적으로 보였다. 정리 정돈이 되지 않은 방에 나 혼자 앉아 있을 때면 '내가 살아서 뭐해?' 라는 생각이 들곤 했고, 그때마다 자해를 했다. 시원했다. 감정이 격해진 날에는 울부짖으며 말한다.

"아무것도 안 보여. 아무도 안 보여!"
"남편하고 아이도 안 보여. 어떡해?"

"죽고 싶다. 죽고 싶어!"

자해를 했던 첫 번째 이유는, 살아 있음을 느끼기 때문이었다. 우울증에서 가장 힘든 부분은 무기력이다. 아무것도 하기 싫어진다. 그런데 나는 주부이다. 요리, 청소, 빨래, 아이 케어 등 해야 할 일이 많은데 이 모든 것을 제대로 하지 못했다. 싱크대에 쌓인 설거지가 보여도 몸을 일으킬 수가 없었다. 눈앞에 빨래가 다 된 옷가지들이 널브러져 있는 것을 보며 '저걸 개서 정리해야 되는데...' 하는 생각은 있지만 손을 들어 올릴 힘조차도 없었다. 무기력이라는 것이 이렇게 무서운 것인지 미처 몰랐다. 숨만 쉬고 있다 뿐이지 이미 죽어있는 것 같았다. 의식은 있지만 몸은 죽은 것 같으니 그 괴로움과 고통은 말할 수 없이 심했다.

12시간 넘게 침대에 누워 숨만 쉬고 있는 것이 내가 할 수 있는 유일한 일이었다. 표정이 어두워지고 눈에는 생기가 없다. 아이러니하지만 이런 무기력 속에서 고통을 통해 내가 살아있음을 느꼈고, 무기력한 몸에 난 상처를 보면 처절하게 살고 싶은 욕망이 나에게도 있다는 것을 느낄 수 있었다.

두 번째 이유는, 우울증도 아프다는 것을 보여줄 수 있기 때문이었다. 우울증이 심해지는 것은 내 의지와 상관이 없다. 마음이 아프다고 하지만 얼마만큼 아픈지 보여 줄 수 없다. 겉모습은 늘 웃으며 생활하고 있었기 때문에 주변 사람들은 내가 우울증에 걸렸다는 것을 믿기 어려워했다. 자해를 하면 마음이 아픈 것을 시각적으로 보여줄 수 있었다. 나의 상태가 좋지 않고, 아파하고 있다는 것을 보여주고 싶었다. 어쩌면 그것이 주변에 도움의 손길을 요청하는 나의 몸부림이었을지도 모른다.

세 번째 이유는, 사는 고통보다 자해의 고통이 덜 아프다는 것 때문이었다. 우울증의 또 다른 증상 중 하나는 실수나 실패를 인정하지 못한다는 것이다. 서른넷, 내 인생이 완전히 무너진 나이다. 사업도 해보고, 여행 가이드도 해보고, 여행 유튜버도 해보았다. '왜 내가 하는 일마다 잘 안되지?' 숨이 막힐 듯 고통스러웠다. 눈에 보이는 성과가 없으니 지금까지 살아온 내 인생이 모두 실패한 것 같았다. 자해는 잠시나마 현재의 고통을 잊게 해주는 도피처 같은 것이었다. 절망감과 실패감에 사로잡혀 있을 때 그 고통을 벗어나는 일종의 임시방편이었다.

하지만 치료를 받으면서 조금씩 생각에 변화가 찾아왔다. 나의 병을 인정하고 지금 나의 모습을 있는 그대로 받아주는 연습을 하니 나의 절망감도, 실패감도, 다른 사람의 눈을 의식하며 인정받고 싶어 하는 마음도 조금씩 내려놓을 수 있게 되었다. 존재 자체로서 충분히 사랑받을 수 있고, 나의 삶 또한 살아갈 가치가 있는 것임을 순간순간 깨닫게 되었다. 증상이 하루아침에 완벽하게 없어지지는 않았지만 호전되어가는 모습을 보니 나에게도 희망이 생겼다. 미래는 지금보다는 나아지고 싶다는 소망도 품게 되었다.

〈우울증 자가 진단 테스트〉

	항목	아니다	가끔 그렇다	자주 그렇다	항상 그렇다
1	나는 매사에 의욕이 없고 우울하거나 슬플 때가 있다.	1	2	3	4
2	나는 하루 중 기분이 가장 좋은 때는 아침이다.	4	3	2	1
3	나는 갑자기 얼마 동안 울음을 터뜨리거나 울고 싶을 때가 있다.	1	2	3	4
4	나는 밤에 잠을 설칠 때가 있다.	1	2	3	4
5	나는 전과 같이 밥맛이 있다(식욕이 좋다).	4	3	2	1
6	나는 매력적인 여성(남성)을 보거나, 앉아서 얘기하는 것이 좋다.	4	3	2	1
7	나는 요즈음 체중이 줄었다.	1	2	3	4
8	나는 변비 때문에 고생한다.	1	2	3	4
9	나는 요즈음 가슴이 두근거린다.	1	2	3	4
10	나는 별 이유 없이 잘 피로하다.	1	2	3	4
11	내 머리는 한결같이 맑다.	4	3	2	1
12	나는 전처럼 어려움 없이 일을 해낸다.	4	3	2	1

13	나는 안절부절해서 진정할 수가 없다.	1	2	3	4
14	나의 장래는 희망적이라고 생각한다.	4	3	2	1
15	나는 전보다도 더 안절부절한다.	1	2	3	4
16	나는 결단력이 있다고 생각한다.	4	3	2	1
17	나는 사회에 유용하고 필요한 사람이라고 생각한다.	4	3	2	1
18	내 인생은 즐겁다.	4	3	2	1
19	내가 죽어야 다른 사람들 특히 가족들이 편할 것 같다.	1	2	3	4
20	나는 전과 다름없이 일하는 것은 즐겁다.	4	3	2	1

해석 : 총점은 80점 → 50점 미만 : 정상 → 60점 미만 : 경증의 우울증 → 70점 미만 : 중등도의 우울증 : 전문가의 정신건강상담 필요 → 70점 이상 : 중증의 우울증 : 전문의 상담 및 진료 필요

■ 출처: 보건복지부 보도자료

나는 72점이 나왔다. 당신도 우울증이 아닌지 자가 진단 테스트를 해보길 권한다. 가벼운 우울증부터 심한 우울증까지 각자의 점수가 다를 수 있지만 모두 똑같은 우울증이다. 무기력하거나, 죽고 싶은 생각이 들거나, 자해를 하고 싶다는 생각이 든 적이 있는가? 우울증도 감기처럼 초기일 때 치료해야 한다. 우울증이 방치되지 않도록 주의해야 한다. 더 진행이 될수록 시간과 돈이 몇 배로 든다.

만약, 건강검진을 통해 초기 암을 발견하게 된다면 당신은 어떤 기분이 들겠는지 상상해 보라. 암이라는 병이 내 몸에 있다는 사실 자체는 싫지만 그것을 초기에 발견한 것이 얼마나 다행스

럽게 여겨지겠는가? 자가 진단 테스트를 하는 것도 마찬가지다. 위의 짧은 테스트를 해보거나 병원에 가서 전문의를 통해 받게 되는 검사 등을 잘 하고 나면 마음의 상태를 진단할 수 있다. 그리고 초기 우울증에 대처할 시간을 벌 수 있게 된다. 평소에 무기력감이나 절망감으로 힘겨워하고 있었다면 꼭 적절한 조치를 받을 수 있기를 바라본다.

죽음도, 자해도, 너무나도 살고 싶었기 때문에 선택한 거잖아. 그렇게 해서라도 살아있음을 느끼고 싶었을 거야. 하지만 넌 그렇게 하지 않아도 귀한 사람이고 관심과 사랑을 받고 있는 사람이야. 지금까지 잘 버텨왔어. 우울증이라는 사실을 더 일찍 알았으면 좋았을 테지만, 지금도 늦은 것은 아니야. 힘든 시기가 있었기 때문에 지금의 네가 있는 거야. 앞으로 조금 더 마음이 단단해지고 건강해진 너의 모습을 기대할게. 진심으로 널 돕고 싶어. 그리고 힘들 때마다 나에게 기대도 좋아. 너를 응원해.

03 왜 이제야 오셨어요?

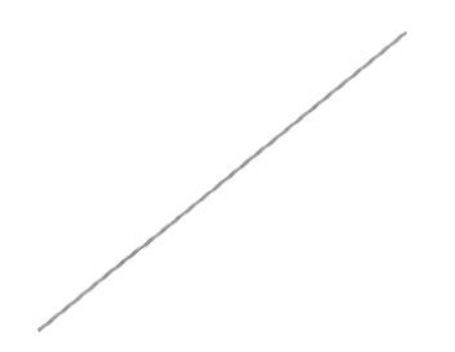

"오지은 님, 잠시만 앉아서 기다려주시겠어요?"

우울증을 치료하고 싶었다. 선생님을 믿고 처방해 준 약을 꾸준히 먹었다. 심하게 우울증이 올 때도 있지만 나아지는 것을 느낀다. 예를 들어 우울증이 1에서 10까지 단계가 있다면 현재는 7 정도 된다고 할까?

처음 정신과 병원에 간 날이 아직도 생생하게 기억이 난다. 대기자가 많았다. 조용한 음악도 흐르고 있었고 편안한 조명이 실내를 아늑하게 꾸며주고 있었다. 마음이 편안해지는 것 같았다. 다들 어떤 사연 때문에 왔는지 몰라도 아픈 마음을 고치고 싶어 하는 애절한 눈빛이 보였고, 그들의 간절함을 느낄 수 있었다. 우울증이라는 병은 나이와는 상관없이 찾아오는 것을 새삼 느낄 수 있었다. 10대부터 60대까지 다양한 연령대의 사람들이 보였다. 병원의 분위기와 사람들을 천천히 보고 있자니 내 이름을 부르는 소리가 들렸다.

"오지은 님, 3번 방으로 들어가세요."

몸이 긴장을 했다. 두 손을 꽉 쥐었다. 선생님과 마주하는데 손에 땀이 났다. 깔끔하게 정리되어 있는 방에 들어가니 선생님의 얼굴이 보였다. "어서 오세요. 어디가 불편해서 왔어요?" 이 한 마디만 했을 뿐인데 나는 또 긴장이 되었다.

"선생님, 죽고 싶은 생각도 나고, 극단적인 시도도 하게 돼요…"
"조금 더 자세히 말씀해 주실 수 있나요?"

선생님은 어떤 방법으로 극단적인 선택을 했는지, 몇 살 때인지, 어떤 도구로 사용했는지, 자세하게 말해 달라고 했다. 처음 만나서 옛날 일을 떠올리는 것은 어려운 일이었기에 천천히 대답했다. 선생님의 표정이 일그러졌다. 빨리 대답해 달라는 신호인 것 같았다. 나도 덩달아 마음이 급해졌다. '이게 아닌가? 정답이 따로 있는 건가?' 이런저런 생각이 복잡하게 얽히고 있을 때였다. 선생님이 딱딱한 말투로 말했다.

"왜 이제야 오셨어요? 본인이 우울증이라는 생각, 안 해보셨어요?"

"네. 전혀 몰랐어요. 우울한 성격인가 보다 생각했어요."

"오랜만에 만성 우울증 환자를 만나네요!"

약 처방을 해주고 일주일 뒤에 다시 오라고 했다. 선생님이 자세하게 상담도 같이 해주실 줄 알았는데 그렇지 않았다. 나는 위로도 받고 싶고, 공감도 받고 싶었다. 나중에 알고 보니 내가 바라던 것은 상담 센터에서 하는 일이었다. 집으로 돌아갈 때는 영준이가 차를 타고 나를 데리러 왔다. 동생도 궁금했나 보다.

"누나, 의사 선생님이 뭐래?"

"기분... 장애래."

장애? 내 병명이 장애라고 하니까 어딘가 많이 아픈 사람 같았다. 동생도 적지 않게 당황했다. 차 안에서는 어색한 공기가 맴돌고 있었다. 나는 그저 창밖을 바라보았다. 매서운 바람에 휘날리는 나뭇가지들이 보였다. 지금의 내 마음 같았다. 나의 속마음이 다 들킨 것 같아서 벌거벗은 것처럼 부끄러웠다. 심란했고 마음이 복잡했다. 이것이 정신과 병원을 처음 다녀온 나의 소감이다. 하지만 이렇게 첫발을 뗀 게 다행이라고 생각했다. 입술을 깨물며 선생님이 하신 말씀을 되새겼다. 병원에 꾸준히 다니겠노라고, 우울증을 극복해 보겠노라고 결심했다.

하지만 난 그 이후에 병원에 가지 않았다. 시간이 지날수록 죽고 싶은 생각은 계속 났다. 어떻게 죽을지 계획을 세우고 있는 나를 발견했다. 틈만 나면 집안 곳곳에 유서를 써 놓았다. 실패하지 않고 한 번에 성공할 수 있는 방법도 생각했다. 죽어야 하는 날짜를 미리 정해 놓고 시한부 인생이라 생각하며 살아갔다. 매일 새벽마다 시원하게 목 놓아 울었다. 마치 떼쓰는 아이처럼 주저앉았다. 숨은 막히고 호흡은 가빠졌다. 평소에 눈물이 자주 나왔기 때문에 이 정도 울었으면 이젠 눈물이 마를 줄 알았다. 나도 알 수가 없었다. 왜 이렇게 눈물이 나오는지. 더 이상 내가 나를 컨트롤 할 수 없었다. 남편이 나를 챙겨주었지만, 소용이 없었다. 삶이 왜 이렇게 힘든 건지...... 나는 또 자해를 했다. 이제는 나도, 남편도 서로가 지쳐갔다.

"그렇게 힘들면 병원에 다시 가자."

"나 진짜 미쳐가나 봐. 주말에 가자."

병원에 가서 의사 선생님의 소견을 들었지만 나는 만성 우울증이라는 사실을 스스로 인정하지 않았다. 몸 건강을 생각하듯이 마음 건강을 생각하지 않았기 때문에 증상이 점점 더 심해졌다. 진단을 받았다면 자신의 병을 인정하는 것이 가장 첫 번째로 할 일이다.

다시 병원에 찾아갔다.

"제가 살아 있는 게 짐 같아요."

솔직하게 선생님께 말하니 약이 더 추가되었다. 1년 동안 약을 복용한 후에 일상생활을 할 수 있을 정도로 회복이 되었다. 꾸준히 약을 먹는 일이 두 번째 할 일이다. 무슨 일이 있어도 병원 진료를 빠트리지 말아야 하는 것이 세 번째 할 일이다.

그럴 수 있어. 병원에 다시 찾아간다는 게 얼마나 무섭고 두려운데. 내가 아프다는 사실을 인정하는 것이 어려웠기 때문일 거야. 그럼에도 불구하고 너는 병원에 찾아갔잖아, 살려고. 도움을 줄 수 있는 의사 선생님도 만났고, 약도 잘 먹고 있잖아. 잘하고 있어. 짐 같다고 느끼지 않아도 돼. 사실은 누구도 너를 그렇게 생각하지 않는다는 걸 너도 잘 알잖아. 너의 내면에 그런 목소리가 들려오면 이젠 귀 기울이지 않아도 돼. 사실이 아니니까 말이야. 내가 그때마다 그건 사실이 아니라고 말해줄 거야. 이제 병원에 다시 가기 시작했으니까 꾸준히 치료를 받다 보면 너도 나아질 수 있어.

04 공황장애까지 덮치다

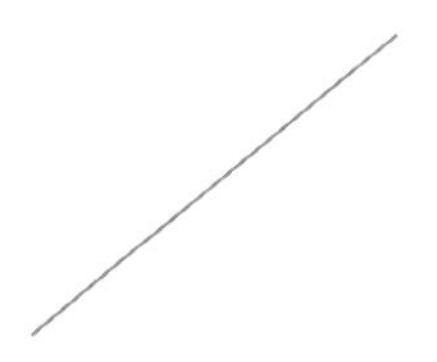

공황장애를 1년 동안 겪었다. 해외에서 6년 동안 살았었다. 그중 필리핀 세부에서 4년, 말레이시아에서는 2년을 살았다. 오랜 기간 동안 지내다 보니 교민과의 대인관계가 점점 어려워졌다. 물론 처음부터 힘든 것은 아니었다. 그중에 세부 막탄(mactan)은 오다가다 교민을 만날 수 있는 작은 시골이다. 내가 할 수 있는 일은 여행 가이드였다. 6개월 정도 일하고 그만두었다. 일이 성격에 맞지 않았다. 하지만 카페, 음식점, 쇼핑몰을 갈 때면 가이드와 여행객들을 마주치곤 했다. 어쩔 수 없이 귀에 들리는 가이드의 멘트, 피하고 싶은 여행객들의 표정, 이 과정을 지켜보는 것이 괴로웠다. 회사를 퇴사했는데 보기 싫은 상사와 마주쳐야 한다고 생각해 보라. 그야말로 미칠 것 같지 않겠는가? 또 숨이 가빠졌다. 나는 점점 피폐해지고 피가 말라

갔다. 막탄을 떠나야겠다고 생각했다. 죽음을 선택하기 전에 선배 가이드가 한 말이 있었다.

"지은 씨는 아이 엄마인데, 멘탈이 약해. 이래서 세상을 어찌 살아?"

'그래, 나는 정신력이 약한 사람인가 보다'

공황장애의 발작은 심장이 두근거리나 빨라짐, 땀이 많이 남, 숨이 막히거나 답답한 느낌, 가슴 통증이나 압박감, 어지럽거나 쓰러질 것 같은 느낌, 비현실적인 느낌 또는 이인증(자신이 달라진 느낌), 죽을 것 같은 두려움을 느낀다. (출처: 네이버 지식백과)

당시에는 내가 공황장애인지 몰랐다. 우울증 진단을 받은 후에야 공황장애 증상도 있다는 것을 알 수 있었다. 공황장애는 우울증보다 더 무서웠다. 우울증은 정신적인 질환이지만, 공황장애는 신체적으로 반응이 오기 때문에 외출하기가 불안하고 공포가 느껴진다.

처음으로 증상을 경험한 곳은 한국 교민이 운영하는 미용실이었다. 크기는 작지만, 입소문이 난 곳이라 주말에는 예약한 사람들이 몰려오는 곳이다. 자리에 앉아서 기다리고 있었다. 오가는 사람들을 마주칠 때마다 가슴이 쿵 내려앉으면서 쓰라리기 시작했다. 최대한 눈을 보지 않으려고 쓰고 있던 모자를 푹 눌러썼다. 아는 사람을 만날까 봐 긴장했는지 손에 땀이 났다. 속은 메스꺼웠지만 참을 수 있었다. 신체적으로 불안 장애가 왔다는 것을 몰랐다.

"어떤 머리 하려고 오셨어요?"

"네. 파마하려고요."

머리에는 랩이 둘러싸여 있었다. 이때, 사이가 불편해진 사람을 보았다. 서로 인사하지 않았다. 얼굴에 식은땀이 나면서 창백해졌다. 목이 타서 침을 계속 삼켰다. 심장은 빠르게 뛰고 있었고, 숨이 막히고 답답했다. 미쳐버릴 것만 같았다. 사람들이 계속 들어오는 모습을 보니 순간적으로 밖으로 뛰쳐나가고 싶었다. 안절부절못했고 죽을 것 같은 두려움이 생기기 시작했다. 호흡을 크게 들이마셨다가 내쉬었지만 소용이 없었다. 공황장애가 온 지도 모른 채 견디다 보니 어느새 몸에 이상이 생겼다.

"손님, 더우세요? 계속 땀이 나고 있어요."

"죄송한데, 잠깐만 화장실에 다녀와도 될까요?"

속이 메스꺼워서 토를 했다. 어지러워서 바로 일어날 수도 없었다. 갑자기 왜 이러는지 이해가 가질 않았다. 시간이 얼마나 흘렀을까?

"똑. 똑. 똑. 손님 괜찮으세요?"

직원이 내가 토하는 소리를 들었나 보다. 문을 열고 솔직하게 말했다. 잠깐만 밖에 나갔다 와도 되냐고 물어보았다. 1년 내내 더운 나라에서 나가봤자 뜨거운 햇빛과 마주하겠지만 실내에 계속 있다가는 쓰러질 것 같았다. 이인증이 왔는지 지금 어디에 있는 건지도 헷갈렸다. 눈을 감고 호흡에만 몇 분 동안 집중했다.

'괜찮다. 괜찮다. 아무 일도 일어나지 않는다.' 이 말을 되뇌었다. 한정된 작은 공간에서 나오니 서서히 나아지기 시작했다. 여전히 심장은 빠르게 뛰고 있었지만 숨이 막히는 느낌은 사라지기 시작했다. 미용실에 사람들이 문을 열고 들어오는 것을 보고, 순간적으로 심리적 압박을 느꼈나 보다. 그 뒤로 1년이 넘도록 미용실을 가지 못했다. 현지 사람들은 괜찮은데, 관광객이나 교민을 마주치는 것에 대해서는 불안 증세를 느꼈다.

현재 집에서도, 밖에서도 공황장애가 오긴 하지만 죽지 않는다는 것을 알고 있다. 심장이 빠르게 뛸 때가 있다. 그때마다 내 상태를 알아차리고 있다. 미용실도 다시 갈 수 있게 되었다. 그 외 쇼핑몰, 지하철, 택시도 이용도 할 수 있다. 전에는 안절부절 못했다면 지금은 안정된 삶을 살고 있다.

병원에서 약을 처방받았다. 꾸준히 먹으니 강도가 약해졌다. 선생님에게 당신의 상황을 솔직하게 다 말할 수 있어야 약을 바꿔가며 맞는 약을 찾을 수 있다. 당신이 모르는 증상들이 혹시 공황장애 일 수 있으니 의심되면 병원에 가보길 권한다. 내가 겪었던 이야기가 당신에게 도움이 되었으면 좋겠다.

세부에서 정말 고생 많았지? 공황장애인지도 모르고 무작정 불안하기만 했어. 세부를 떠나기 위해 얼마나 노력했니? 열심히 해봐도 내 마음대로 안 되던 걸 결국은 극복했잖아. 공황장애가 오면 최소한 내가 어떻게 해야 하는지는 알게 되어서 다행이야. 한정된 공간 안에서 너의 신체의 변화를 잘 관찰하고 기억해 낸 건 잘한 일이야. 앞으로 다시 이런 일이 일어나면 어느 정도 알고 있으니 덜 당황할 것 같아. 힘든 경험이었지만 잘 대처했어. 아픈 것도 경험이기 때문에 네가 성장할 수 있는 거야. 오늘도 한 뼘 더 성장한 거 축하해.

05 대인기피증, 연락 두절되다

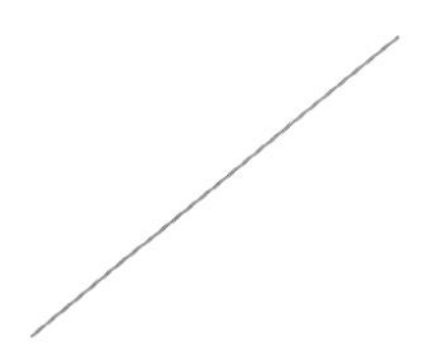

나는 어릴 때부터 부모님이 무서웠다. 술 마시는 아빠와 이 모습을 싫어하는 엄마를 보며 자랐다. 조금이라도 실수하면 엄마에게 맞았다. 욕도 먹었다. 딸은 엄마의 감정을 먹고 자란다고 했던가? 아빠를 향한 모든 비난의 말을 내가 듣고 있는 듯했다. 나에게는 대인관계를 어려워하는 단점이 있다. 특히 부모님처럼 나이 많은 사람 앞에서는 말 한마디 못한다. 온몸이 긴장되고 입술이 바싹 마를 정도로 굳어진다. 잘못한 것이 없는데 왠지 혼날 것만 같은 느낌이다.

"네. 네. 네."

순종적으로 대답만 하는 경우가 대부분이다. 말 한마디도 제대로 못 하는 나 자신을 보며 스스로 바보 같다고 생각했다. 아빠도 하고 싶은 말을 못 하고 마음에 담아둔다. 어쩌면 아빠도 나와 같은 마음일까.
학교에서는 있는 듯 없는 듯 지냈다. 친구들과 어울리는 방법도 몰랐다. 단체 안에서 맞장구나 쳐 줄 뿐 존재감은 없었다. 늘 외롭고 공허했다.
열다섯 살. 나와 놀아주는 친구가 6명이 생겼다. 드디어 친구들과 놀 수 있었다. 여느 때와 같이 친구들에게 먼저 인사했다. 반가운 마음에 활짝 웃었다.

"안녕, 애들아!"
"어? 어...."

매일 인사를 받아주던 친구들이 인사를 받아주지 않았다. 등이 싸늘했다. 나를 보는 눈빛이 단단히 화가 나 있었다. 친구들이 나를 피하는 느낌을 지울 수 없었다. 아름이라는 친구한테 용기내어 물어보았다.

"아름아, 왜 요즘 날 피해?"

"그냥. 네가 싫어서."

내 어깨를 툭 치고 교실로 들어가는데 뒤통수를 한 대 맞은 것 같았다. 힘이 빠진 어깨, 떨리는 손, 눈가에는 눈물이 흐르고 있었다. 쉬는 시간에 멀찌감치 떨어져서 그들의 이야기를 들었다. 이후로는 입을 꾹 다문 채 혼자 집과 학교를 다녔다. 왕따임을 알게 되었다. 내가 할 수 있는 것은 친구들 눈에 띄지 않는 것이었다. 최대한 눈치껏 기분을 맞춰주면 점심은 같이 먹을 수 있었다. 친구들은 짝지어 다니는데 나는 항상 혼자였다. 중학교 졸업만 기다렸다.

열일곱. 아름이와 다시 같은 고등학교, 같은 반이 되었다. 다른 친구들은 친한 친구끼리 같은 반 되었다며 좋아하는데 나는 그럴 수가 없었다. 지옥 같은 삶을 다시 살아야 하니까. 살기 싫었다. 학교 폭력은 잊을 수 있는 게 아니니까. 마음의 상처는 쉽게 아물지 않았다. 새 학기가 시작되고 얼마 지나지 않아 아름이와 미나가 같이 와서 말했다. 미나는 운동했던 친구라 힘이 센 편이었다. 나도 더 이상 참을 수 없어서 하고 싶은 말을 했다.

"야! 너! 중학교 때 왕따였다며?"

"그래. 왕따를 만드는 너희가 잘못한 거잖아"

그때 미나가 나를 화장실로 불러냈다. 사실, 화장실로 가는 내내 후회했다. '도망칠까?' 아니면, '그냥 미안하다고 할까?' 별별 생각이 다 들었다. 미나의 뒷모습을 보며 걷는데 식은땀이 줄줄 나기 시작했다. '무슨 일 일어나는 거 아니겠지?' 걱정되었다. 그 사이에 화장실에 도착했다.

"너! 아까 방금 뭐라고 했어?"

"나 괴롭히지 말라고!"

"뭐라고? 뭐 이딴 년이 다 있어?"

"선생님께 이를 거야!"

화장실에서 나가려는 내 머리채를 미나가 잡아당겼고 배를 세게 발로 찼다. 그 순간 "악!" 소리를 내면서 배를 움켜잡고 숨을 헐떡거렸다. 그 이후 몇 대를 더 맞고 울면서 기절했다. TV 화면이 검은색으로 꺼지듯이 내 머릿속은 그 이후로 아무 기억이 나지 않았다. 눈을 떠보니 양호실에 누워있었다. 학교폭력이었다. 결국, 미나는 전학을 갔고, 일은 그렇게 마무리되는 듯했다. 기억하고 싶지 않은 왕따 사건 이후로 대인기피증이 찾아왔다. 사람이 그리웠다. 열여덟부터 다시 친구가 생기기 시작했다. 나와 마음 맞는 친구들. 그 친구들이 평생 친구가 되었다. 2020년, 대인기피증으로 고등학교 동창 친구들에게 1년 동안 연락을 하지 않았다. 우울증을 솔직하게 말할 자신이 없었기 때문이다. 그럼에도 불구하고 나는 밝게 행동하고 말하며 사회생활을 하게 되었다. 사람에게 받은 상처는 사람으로 치유한다고 하는데 적어도 나는 그랬던 것 같다. 단체 모임보다 1:1로 만나면 더 편안해하는 사람이라는 것을 알았다. 1:1로 대화를 하면 내 장점이 보이는 것 같다. 예를 들면 상대방의 말을 잘 들어준다든지, 상대의 마음을 공감을 해준다든지, 사람을 편안하게 해준다든지 하는 것들 말이다. 현재도 대인기피증이 사라진 것은 아니다.

일일이 친구들에게 전화해서 우울증 때문에 힘들었다고 솔직하게 이야기했다. 그리고 1:1로 만나는 것이 더 좋다고 이야기도 했다. 이 세상에는 완벽한 사람은 없다. 단점이 있으면 장점도 있다는 것을 기억했으면 좋겠다.

한창 친구 관계가 중요했던 시기에 친구들에게 따돌림을 당해서 많이 힘들었지? 어른이 된 지금도 그때의 기억이 꿈에라도 나오면 그 밤을 눈물로 지새우곤 했지. 씻을 수 없는 학교 폭력, 지긋지긋하게 따라다니는 기억 속의 나를 지우고 싶었을 거야. 근데 말이야. 넌 쓰러지지 않고 일어날 수 있어. 물론 힘들다는 거 알아. 학교 폭력은 절대 있어서는 안 되는 일이지만, 이미 시간은 흘러 넌 이제 그때 그 중학생 오지은이 아니야. 어릴 때와는 달라졌어. 충분히 대처할 수 있는 어른이 되었으니 너무 걱정하지 않아도 돼. 그러니 과거 안에 너를 가두지는 마. 제일 친해야 하는 친구는 바로 나 자신이 되어야 한다는 것을 기억해 주었으면 해.

06　현실을 부정하다

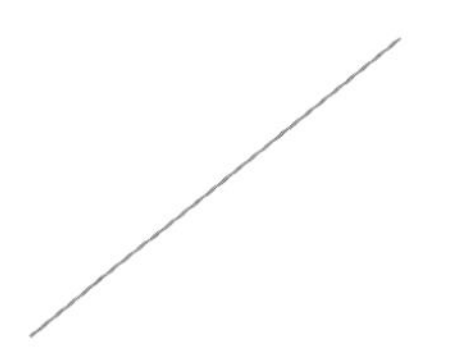

만성 우울증 진단을 받으면 마음이 어떨까? '내일 눈 뜨지 않았으면...... 살아서 뭐 하나?' 현실을 부정하게 된다. 세상을 살아가기 싫은 사람의 얼굴에는 핏기가 없다. 다크서클은 짙어져만 가고 온몸에 힘이 빠진다. 몸을 움직일 수 있는 에너지가 없기 때문에 일어날 수 없는 지경에 이른다. 처음에는 우울증을 스스로 인정하지 않았다. 정신과 병원에 대한 편견도 있었고, 혼자서 가야 하는 부담감도 있었기 때문이다. 병을 인정하지 않은 내 모습은 어떻게 변해 가고 있었을까?

2019년 9월, 필리핀 세부에서 살고 있었다. 이 세상에서 없어지려 했다. 이미 우울증이 시작된 단계였다. 여행 유튜버 활동을 접고 새로운 직업을 찾는 일이 버거웠다. 아이를 키우는 처지에서 맞벌이는 해외에서도 필수였다. 그러나 대인기피증, 공황장애가 한 번에 찾아와서 나 자신을 감당하기 힘들었다. 죽음만이 답이었다. 내가 사라져야만 은찬이가 더 누리면서 살아갈 수 있다고 생각하니 눈물이 나왔다. 그냥 운 것이 아니라 오열을 했다. 숨쉬기가 힘들었다. 세상을 향해 울부짖는 동물의 울음소리 같았다.

은찬이가 자고 있을 때 극단적인 선택을 했다. 생각지도 못한 일이 생겼다. 남편이 생각보다 일찍 퇴근했다. 또 실패했다. 주변을 돌아보니 도구들이 보이는 것 아닌가. 최대한 들키지 않도록 숨겨야 했다. 하지만 흔적들이 있어서 남편에게 말할 수밖에 없었다. 멍한 상태로 이 세상에 태어난 것을 후회하는 눈물을 흘렸다. 죽지 못해 억울했다. 남편도 놀랐는지 같이 따라서 울었다. 미안했다. 보지 말아야 할 것을 보게 해서. 트라우마가 생기게 해서. 한 달 뒤, 세부 생활을 그만두고 한국으로 돌아왔다. 바로 병원으로 갔다.

"지금 너무 위험한 상태입니다! 병원에 꾸준히 오셔서 치료를 받아야 합니다!"

병원에 도착해서 선생님이 나에게 한 말이었다. 그러나 오히려 나는 상태의 심각성을 느끼지 못했다. 어차피 죽어야 할 목숨이라고 생각했기 때문이다. 더 솔직하게 말하면 의사의 말도 믿지 못했다. 망상도 있었다. 어떤 말을 해도 내 귀에는 부정적으로 들렸다. 우울증은 날이 갈수록 상태가 심해졌다. 3개월 동안 집 밖으로 나오지 않았다. 에어컨을 틀고 책을 읽었다. 심리에 관한 책이었다. 내가 왜 이렇게 되었는지 궁금했다. 내 마음을 마음대로 할 수 있다면 얼마나 좋을까. 창문을 바라보았다. 오후 5시가 되면 해가 지고 그늘이 진다. 사람들이 강아지를 산책시키러 많이 나왔다. '나도 한 발자국만 나가면 산책할 수 있는데……' 마음속으로 생각만 하다가 시간이 지나갔다.

2020년 7월. 병원에 가야겠다는 생각이 들었다. 죽고 싶은 사람이 갑자기 왜 그랬을까? 살아 있는 것도 아니고 죽어 있는 것도 아닌 무기력한 상태를 인식하고 나의 병에 대해 스스로 인지를 했기 때문이다. 밑바닥까지 와보니 현재 내가 어떤 상태인지 알 수 있었다.

6개월이 지나고 나서야 서서히 나아지기 시작했다. 내 옆에 남편이 있었고, 은찬이가 있었다. 사랑하는 내 가족을 두고 떠나는 것이야말로 더 죄책감을 느끼는 일이라고 생각이 들었다. 제대로 눈도 못 감을 것 같았다. 지금 가장 힘들 때 옆에서 도와주고 있는 사람은 남편이다. 더 이상 못 할 짓이었다. '우울증 환자' 라는 것을 인정하는 단계가 있어야 한다. 그렇지 않으면 허공에 붕 떠서 아무것도 하지 못한다. 현실을 부정하면 할수록 가장 힘든 건 자기 자신이다. 우울증이라는 병을 받아들이고 병원에 방문해서 치료를 받아야 한다. 처음부터 잘 안돼도 괜찮다. 내가 있으니까. 누구보다 독자의 마음을 잘 알지 않겠는가.

누가 뭐래도 죽음밖에 보이지 않았어. 매일 생각하다 보니 대체 그곳은 어떤 곳인지 궁금하기도 했어. 삶을 살아가는 게 괴로워서 살 수가 없었어. 그게 우울증이라는 병이었어. 옆에서 도와주는 사람이 없었으면 정말 힘들었을 거야. 그래도 우울증을 극복하겠다고 병을 인정하고 도와달라고 하는 나 자신이 예뻐. 정말 잘했어.

07 부모님과 손절하다

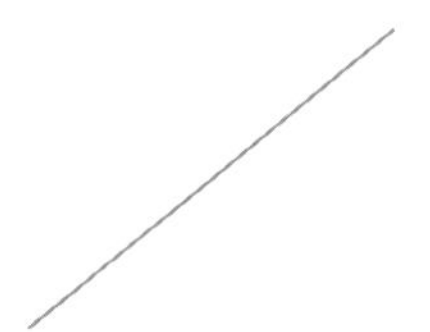

우울증이 점점 커지던 시기, 내 마음은 이유도 모른 채 분노로 변했고, 그 분노는 누군가를 향한 원망으로 변하고 있었다. 지금의 내 모든 상황을 만든 것이 부모님 때문이라는 원망 때문에 부모님과는 연을 끊어야겠다는 생각을 가지게 되었다. 아빠는 2018년부터, 엄마는 2020년부터 최근까지 연락을 끊었었다.(우울증인 것을 알고 치료를 한 후부터는 연락을 하고 있는 중이다.) 부모님과 연락을 끊고 지내고 있을 때 주위에서 가장 많이 들었던 말 세 가지가 있다.

"돌아가시면 후회해!"

"그래도 부모님인데…."

"그러지 말고 잘해 드려!"

나를 설득하는 말이 더 많았다. 부모님과는 평범한 일상 대화가 없었다. 아빠는 알코올 중독이라서 정신이 멀쩡한 적이 없고, 거의 술에 취해 있었다. 6살부터 결혼하기 전 28살까지 매일 듣고 자라온 말들, 지금까지의 엄마, 아빠의 생활패턴을 보면 이렇다.

밤 7시. 일이 끝나면 엄마는 아빠한테 매일 전화를 한다.

"어디야? 또 술 먹어?"
"지금 일어나서 빨리 와!!"
"알았다고만 하지 말고 빨리 안 일어나?"

한 시간 뒤, 아빠는 엄마 전화를 일부러 안 받는다.

"귀신은 아빠 안 잡아가고 뭐 하나 몰라."

엄마는 아빠가 전화를 받을 때까지 계속한다.
밤 10시. 집 현관문 비밀번호 소리가 들린다. 매일 나는 방에서 긴장한다. 아빠는 술을 마실 때마다 문을 열지 못한다. 초인종을 누르면 엄마가 문을 열어 준다.

"술 먹지 말라는 데도 기어코 먹고 와."

현관에서의 아빠의 첫 한마디는 항상 똑같다.

"내가 술을 먹든 말든 무슨 상관이야!!"

아빠는 몸을 제대로 가누지 못할 정도로 술을 마신다. 휘청거리며 방에 들어가는 아빠를 보며 엄마는 말한다.

"제대로 걷지도 못하고…"

밤 11시. 아빠가 주방에서 텅 빈 전기밥솥을 보며 본격적으로 싸움은 시작된다.
아빠는 쌀을 씻으며 이렇게 말한다.

"밥은 좀 먹을 수 있게 해놓지!"
엄마는 티브이를 보고 있다. 화가 나서 참을 수 없는지 다시 아빠한테 말한다.

"뭐가 예쁘다고 밥을 해놔? 술 먹었으면 곱게 잠이나 잘 것이지. 밥 못 먹은 귀신이 붙었나?"

그리고 다시 아빠는 엄마한테 말을 한다.

"아니, 애들은 먹을 수 있게 밥을 해놔야 할 것 아니야!"

항상 저녁은, 엄마가 퇴근길에 음식을 사 오시거나 외식으로 해결했다. 아빠의 술주정은 말을 횡설수설하고, 했던 말을 또 하는 것이었다. 엄마가 밥을 해놓지 않았다는 말을 식사가 끝날 때까지 하신다.
새벽 12시가 되면 엄마는 거실에서 자고, 아빠는 방에서 자는데, 아빠는 안 자고 엄마 옆에서 불만, 하소연 등을 말한다. 다음 날 일을 나가야 하는 엄마는 이쯤에 화가 터진다.

"빨리 안자? 들어가서 좀 자! 지금 시간이 몇 시인데 안 자?"
엄마는 아빠를 방에 재우려고 한다. 거실에서 자려는 엄마한테 아빠는 말을 계속한다. 이 행동을 두 시간 정도 반복한다. 이 과정에 몸싸움이 있지만, 아빠는 말한다.

"안 잔다고. 자는 것도 왜 내 마음대로 못하게 해?"

나는 그저 방 안에서 숨죽이며 어떤 일이 일어나는지 귀만 쫑긋 세울 뿐이다.

"아! 왜 때려? 지은아~~"

그리고 엄마가 내 이름을 부를 때는 상황이 심각하다는 뜻이다. 경찰을 부르거나 내가 싸움을 말려서 상황을 종료시키면 새벽 3시가 된다.
아침 6시. 아침이 되면 아빠는 아무것도 기억을 못 한 채 출근 준비를 한다. 엄마한테 만 원씩 용돈을 받아 간다. 용돈이 모자랐는지 엄마한테 "만 원만 더 줘." 하고 말한다. 엄마는 화를 내며 절대 주지 않는다.

"술 마시려고 돈 달라고 하지? 어제 일은 기억이나 하니?"

아빠는 씩씩거리며 그대로 출근한다.
우리 집에서는 거의 매일 일어나는 과정이다. 아빠가 출근하면 엄마는 나에게 말한다.

"너는 절대로 술 먹지 말고, 술 먹는 남자도 만나지 마."

매일 밤 싸우는 소리를 듣는 게 힘들어서 나도 엄마한테 말한다.

"엄마, 아빠한테 욕 안 하면 안 돼?"
"잘못은 아빠가 하고 있는데 그럼 가만히 있어야 해?"

기분 나빴지만, 엄마가 불쌍하고, 술 마시는 아빠가 싫었다. 그리고 그 자리에는 내가 엄마를 힘들게 하고 있다는 죄책감이 남았다.

다소 완곡한 표현으로 이야기한 것이 이 정도다. 싸움은 실제로는 더 심했다. 독자들을 위해 약하게 썼다. 처음에는 부모님 원망을 했었다. '대화로 풀어 갈 수 있는 가정에서 태어났더라면 얼마나 좋았을까?' 깊게 생각할수록 마음이 아파지는 건 나였다. 똑같은 세상에 태어나도 모든 사람이 부모 원망을 하며 살지는 않는다. 나는 마음 아프게 살지만, 마음 아프지 않게 사는 방법도 있는 거다.

그러나 부모도 부모가 처음이다. 나도 부모가 처음이다. 살다보면 자식을 위한 일이라 생각하지만 놓치고 사는 부분도 있는 것 같다. 가정환경을 공개적으로 말하는 것은 쉽지 않은 일이다. 그러나 나의 경험이 단 1명에게라도 도움이 된다면 기꺼이 말하겠다.

가장 많이 상처받았던 내면 아이, 지은이. 억울한 마음도 있고, 슬픈 마음도 있고, 화나는 마음도 있고, 여러 가지 감정들이 있었을 거야. 이 마음들은 정상적인 내 감정이었어. 이런 감정을 갖는 건 틀린 게 아니야. 있는 그대로 감정을 수용하고, 마음속 깊은 곳에 앉아 울고 있는 어린 나에게 다가가서 안아줘. 혼자는 너무 외롭잖아

08 이러지도 저러지도 못한다

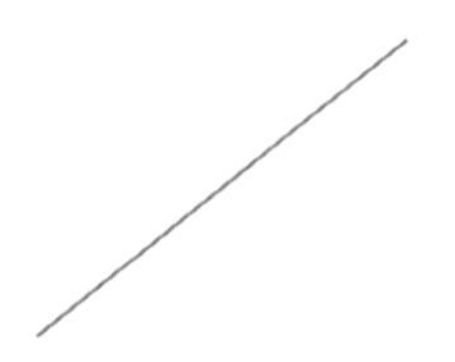

2016년 1월, YTN 뉴스에서 '자살 신호는 어떤 것이 있을까?' 라는 기사를 보도했다. 내용은 이러하다.

자살로 생을 마감하는 심리와 행동을 분석한 심리적 부검 결과가 처음 발표되었다. 자살 사망자 10명 가운데 9명이 사전 경고 신호를 보냈다고 한다. 사전 경고는 어떤 것일까? 자살 신호 첫 번째, 온통 죽음에 관해 이야기하는 것이다.

1. 자살자 경고신호

1) 언어

직접 언급: "먼저 갈 테니 건강히 잘 지내."

사후 세계 동경: "천국은 어떤 곳일까?" 등

2) 행동

주변 정리, 평소와 다른 행동, 식욕 변화 등

3) 정서

감정 상태 변화, 무기력, 대인기피 등

2. 말로 보는 '자살 신호'

"죽고 싶어", "어떻게 죽어야 할까?"

"차라리 내가 없어지는 게 낫겠다."

"무서워서 잠을 잘 수가 없어."

"이러지도 저러지도 못하겠어."

(불안감과 신체적 호소)

3. 행동으로 보는 '자살 신호'

사람을 피하거나 일상 대화를 꺼린다.

극도의 불안 증세, 공격적인 행동

과도한 음주, 약물 복용

갑자기 평온하고 차분하게 돌변

재산 등 주변 정리

(출처: 중앙심리부검센터)

자살 시도의 주된 원인은 우울감 등 정신과적 증상(37.9%), 대인관계 스트레스(31.2%), 경제적 문제(10.1%) 순으로 나타난다. 자살 시도자에 대한 자살 사망 여부 조사 결과, 시도자(10만 명당 700여 명)가 일반인(10만 명당 28.1명)보다 자살률이 약 25배 높았다.

* '2007년부터' 11년 동안 응급실로 내원한 8,848명 자살 시도자에 대해 의무 기록 조사 실시

(출처: 보건복지부 보도자료)

해외에서 살면서 가장 걱정되는 부분은 월세였다. 남편 혼자 일하는 외벌이로 생활비가 빠듯했다. 게스트하우스, 패키지여행 가이드, 여행 유튜버 순으로 직업을 바꿔가며 맞벌이를 하기 위해 노력했다. 여행 가이드 일을 할 때였다. 저녁 6시, 리조트에 도착했다. 프런트에 일찍 나온 손님도 있었고 늦게 나온 손님도 있었다.

"자! 이쪽으로 오세요. 차량 타실 때 머리 조심하세요!!"

지프니를 타고 이동했다. 미군용 지프차를 개조해 만든 버스로

필리핀의 대표적인 교통수단 중 하나이다. 손님 한 분이 이렇게 말했다.

"가이드님! 더운데 왜 자꾸 이것만 타요!!??"

"일정표 아래를 보시면 지프니를 타고 이동한다고 씌어있습니다!!"

"아무튼, 나는 더워서 못 타요!!"

"죄송하지만, 다른 손님하고 같이 움직이기 때문에 협조 부탁합니다."

"누가 필리핀 세부가 좋다고 그랬지? 짜증나!!"

어딜 가나 이런 사람 한 명씩은 꼭 있다. 나는 일부러 운전석 옆에 탔다. 눈물이 왈칵 쏟아질 것 같았기 때문이다. 아니나 다를까 눈물을 옷에 뚝뚝 흘리고 있었다. 속으로는 한숨을 연거푸 쉬고 있었고, 목이 타서 얼마나 침을 삼켰는지 모른다. 이미 대인기피증, 공황장애를 겪고 있는 시기였던지라 당장 말을 하면 울고 있는 모습을 들킬 것 같았다. 최대한 말을 아껴 손님과 대화를 했다.

"저녁 식사할 곳에 도착했습니다. 내리실 때 머리 부딪치지 않게 조심해 주세요."

"여기 맛있는 곳 맞죠? 지금까지 식사가 영 시원찮아."

"사람마다 반응이 달라요. 메뉴 설명해 드릴 테니 이쪽에 앉으세요."

손님들이 식사하는 동안 나는 먹지도 못하고 계속 우울해 있었다. 맞벌이를 억지로 하고 있는데 이게 과연 맞는 것일까? 진지하게 생각하게 되었다. 다른 가이드는 잘하고 있는데, 나는 왜 안 좋은 일들을 다 기억하는지 모를 일이었다. 계속 비교가 되었다.

가만히 있을 수도 없고, 그렇다고 아무 일이나 막 할 수도 없었다. 일단 그 일을 그만두었다. 이렇게도 저렇게도 못할 것 같아 남편에게 미안했다. 내가 짐이 되는 것 같았다. 사람들은 가이드가 일하는 만큼 월급을 받는 줄 안다. 그렇지 않다. 가이드는 월급 자체가 없다. 여행사에서 싸게 나온 여행 상품을 손님이 지불하고 그 마이너스를 가이드가 옵션과 상품을 팔아야지만 돈을 벌 수 있다. 그러니까 손님이 여행에서 아무것도 안 하고 안 사면 내 월급은 마이너스이다. 오히려 돈을 메꿔야 한다. 이 상태로 여행 가이드 일을 계속할 수 없었다. 나도 우리 아들, 맛있는 거 사주고 싶고, 멋있는 옷도 입히고 싶고, 월세도 보태고 싶었다. 아무것도 할 수 없다는 절망감이 나에게 큰 우울증을 가져다주었다. 진심으로 죽고 싶었다. 내가 바퀴벌레 같았다.

나는 계속 남편에게 신호를 보냈다. 죽고 싶다. 이러지도 저러지도 못하겠다. 차라리 내가 없어지는 게 낫겠다. 이렇게 3가지를 말했다. 우울증은 사랑하는 사람에게 '짐이 되는 순간' 부터 죽음을 선택하는 것 같다. 그것이 우울증의 결말이라고 생각한다. 적어도 나는 그랬다. 나 자신이 쓰레기같이 보였다. 온통 내 머릿속에는 죽음에 대한 생각뿐이었다. 남편은 눈치채지 못했다.

내 경우처럼 극단적인 선택을 했던 사람들은 죽기 전에 말이나 행동으로 주위에 신호를 보낸다. 주변 사람들이 평소와 다른 모습을 보인다면 좀 더 세심하게 관찰을 해야 한다.

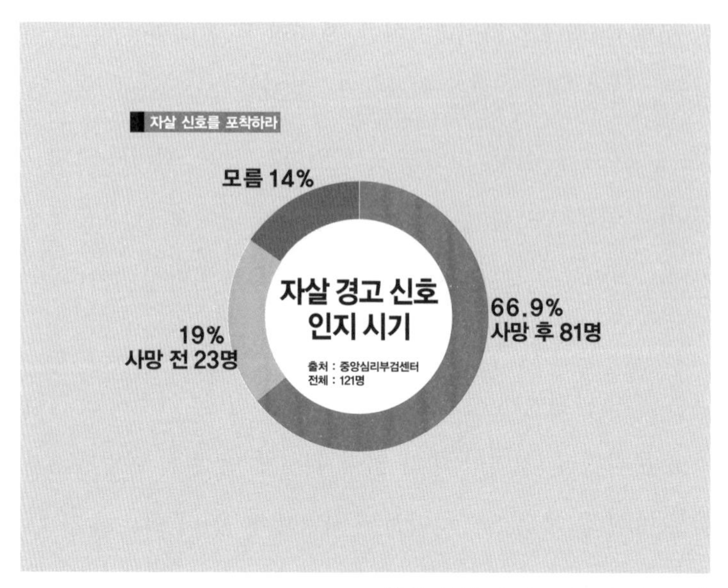

(출처: 유튜브 YTN NEWS 2016.01.26)

"오늘은 기분이 어땠어?"

"요즘도 죽고 싶은 생각 많이 하니?"

어떤 조언도 필요 없다. 묻고 들어주기만 하면 된다. 당신의 작은 관심이 소중한 생명을 지킬 수 있다.

"수치심이 느껴졌어."

"어떤 부분이 수치스러운데?"

"다른 사람 앞에서 울고 있는 나 자신이 너무 싫었어."

"당연히 그렇게 느낄 수 있어. 네가 느끼는 감정은 다 옳은 거야. 너는 최선을 다했어. 그거면 된 거야."

'아! 나는 수치심이 느껴져서 죽으려 했구나!'

"너의 감정을 받아들이는 시간이 필요해. 그래서 이 작업이 필요한 거야."

〈 제 2 장 〉

진짜 내 모습은 어디로 갔나

01 아무것도 할 수 없는 나

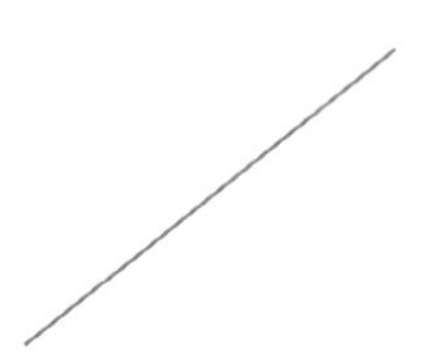

2019년 2월. 무기력이 찾아왔다. 우울증은 내 삶을 송두리째 바꿔 놓았다. 무기력증이란 사람에게 나타나는 무기력감, 회의감, 피로감, 의욕 저하 등의 일련의 증세를 말한다. 우울증의 초기 증상 또는 동반 증상으로 나타날 수 있다. (출처: 네이버 지식백과)

나는 하고 싶은 것이 많은 아이였다. 초등학생 때는 연기자가 되고 싶었고, 중학교 다닐 적에는 미용사가 되는 게 꿈이었다. 고등학교 진학한 후로는 광고와 홍보에 관심이 생겼다. 그러나 엄마는 공부만 강요했다. 엄마와 꿈에 관한 대화를 나눌 수가 없었다. 스무 살이 되어서는 버킷리스트를 작성하고 도전을 시작했다. 영어, 일본어 등 외국어를 공부했다. 댄스와 복싱, 요가 등 내 몸을 가꾸기 위한 배움도 놓지 않았다. 수영, 마라톤, 스노보드 등 거친 운동도 마다하지 않았다. 사진도 배우고 출사도 나갔다.

스물여덟. 직장만 다니기엔 아까운 나이라는 생각이 들었다. 퇴사를 하고 세계여행을 떠났다. 이때가 내 인생의 터닝 포인트가 되었다. 다른 사람들이 보기에는 결단력이 있다고 느낄 수 있었을 것이다. 그러나 나는 이렇게라도 움직이지 않으면 미쳐 버릴 것 같았다. 자살 시도 이후에도 부모님의 싸움은 계속되었다. 독립도 반대한 상태라 이도 저도 할 수 없었다. 현실에서 도망치고 싶었다. 터키와 이집트를 여행하면서 '내가 하고 싶은 것을 하면서 사는 거야.' 라는 생각이 더 확고해졌고, 그 이후의 삶은 180도 달라졌다. 지금의 남편을 이집트에서 만났다. 남편은 한국인 스쿠버 다이빙 강사였고, 나는 그의 수강생으로 만나 연인이 되었다. 한국으로 돌아와 3개월 만에 결혼식을 했다. 2014년 5월. 은찬이가 태어났다.

은찬이를 키우는 1년 동안 산후 우울증이 왔다. 내가 할 수 있는 것이 없다 보니 '뭐 해 먹고 살지?' 하는 생각으로 가득했다. 퇴근 후 집으로 돌아온 남편에게 말했다.

"자기야!! 나 진심으로 하는 이야기야. 잘 들어줘!"

남편은 긴장을 했는지 몸이 굳어 있었다. 똑같은 이야기를 할까 봐 겁이 났던 모양이다.

"나, 해외에서 살고 싶어. 한국에서 사는 거, 답답해서 싫어. 무엇보다 내가 힘들어. 자기랑 이집트에서 같이 스쿠버 다이빙할 때가 좋았어."

남편은 시간을 달라고 했다. 안정적으로 직장을 다니고 있었기 때문이다. 처음에는 반대했다. 계속 설득하니 알겠다고 한다. 진심으로 고마웠다. 남편은 가장으로서 최선을 다하며 살고 있었다. 현실성 없는 이야기를 하는 나를 보며 얼마나 한심하다고 생각했을까? 이해할 수 있다. 하지만 이 역시, 우울증에 해당하였다.

스쿠버 다이빙 천국인 필리핀 세부로 선택했다. 남편과 나는 바다를 사랑한다. 바다에서 만난 인연으로 결혼 생활을 꾸려간다는 것이 믿기지 않았다. 투명한 바다색을 보며 오길 잘했다고 미소를 짓고 있었다. 남편이 여행 가이드를 하고 있는 동안, 나는 게스트하우스를 운영하며 지냈다. 내가 운영자가 되어 게스트를 맞이했다. 숙소 안내를 하고, 여행 안내자가 되어 직접 같이 돌아다녔다. 저녁이 되었다. 각자 서로 밥을 먹고 숙소에 모였다. '루미큐브' 라는 보드게임을 여행자, 준호가 가져왔다.

"지은 누나! 루미큐브 해봤어요?"

"응! 나는 이집트에 살았다고 했잖아? 거기서 했어. 근데 맨날 져서 설거지했어.

"그래요? 누나! 그럼 우리랑 같이해요!"

'진짜 이집트에 있을 때 생각이 난다.'

이집트에서의 한인 게스트하우스를 운영하는 것은 즐거웠다. 운영자와 게스트가 서로 여행을 공유하고 추억을 쌓을 수 있었다. 하지만 내 욕심이 컸던 것일까? 이상과 현실은 달랐다. 남자 손님 중에는 현지인 여자와 지낼 숙소를 찾는 사람이 많았다. 나는 여행을 공유하는 숙소를 원했던 거라 폐업을 결정했다. 이후, 남편과 같은 직업을 택했다. 여행 가이드를 하며 지내다가 나와 맞지 않아서 그만두었다.

전세금을 털어서 갔기 때문에 가이드 수익이 제대로 나지 않을 때는 마이너스로 지내야 했다. 전세금은 월세로, 생활비로, 조금씩 쓰다 보니 어영부영하는 사이에 사라졌다. 은찬이가 아직 어렸기 때문에 나를 일자리에 써주는 교민은 없었다. '할 수 있는 것이 분명 있을 거야.' 생각하고 다시 일어났다. '온라인으로 수익을 낼 수 있는 게 무엇일까?' 생각했다. 문득 유튜브가 생각났다. 월 200만 원을 벌 수 있다는 영상을 본 적이 있었기 때문이었다. 월세 60만 원만 벌 수 있었으면. 이 생각으로 시작했다. 주제는 서서히 잡아가고 기획, 촬영, 편집하는 방법까지 찾아가면서 혼자서 그걸 다 했다. '여행' 이라는 주제를 잡고 필리핀 세부에 관련된 정보를 촬영하기 시작했다.

1년 6개월, 길다면 길고 짧다면 짧은 시간에 수익을 냈다. 구독자 수는 3,500명 정도였고, 한 달에 십만 원씩. 혹은 두 달에 십만 원 정도의 수익이 발생했다. 여행 유튜버를 그만둔 이유는 버틸 힘이 없어서였다. 같이 시작했던 다른 초보 유튜버는 나보다 훨씬 잘 되어 가는데, 나는 같은 자리에서 맴돌고만 있었다. 영상을 찍느라 늘어나는 여행 경비 지출도 더 이상 감당하기 힘들었다. 자존감이 떨어졌다. 실패라는 생각 때문에 멘탈을 제대로 잡을 수가 없었다. 6개월 동안 유튜브를 하지 않았다. 그 사이에 만성 우울증이 터졌다. 우울한 감정이 폭발했다. 그러고는 돌연 유튜브를 삭제했다.

훌훌 털어버리고 다른 일을 찾을 수 있을 거라 생각했다. 하지만 이번에는 상황이 이전과는 달랐다. '무엇을 할까?' 라는 의욕이 떨어졌다. 낮과 밤이 바뀌었고, 씻지 못했으며, 집안일도 못했다. 그러다 죽음을 선택했다. 나는 지쳐있었고, 살기가 힘들었다. 목숨을 끊고 싶은데 그것도 계속 실패했다.
한국으로 돌아가서 정신과 병원에 찾아갔다. 의사 선생님을 만나서 있는 그대로를 다 말했다. 속은 시원했지만, 타인에게 내 이야기를 하는 것은 어색함 그 자체였다. 이런 느낌은 시간이 지나니 조금씩 나아졌다. 병원을 바꿔가며 나와 맞는 선생님을 찾고, 처방받은 약을 지금까지 빼먹지 않고 잘 먹고 있다.

우울증을 가만히 두면 몸과 마음은 살아갈 수 없는 상태로 변한다. 평소보다 무기력증이 심해졌다고 생각되면 병원에 찾아가 상담받길 권한다.

더 이상 하고 싶은 게 없었지. 계속 잠만 자고 싶었어. 우울증에서 무기력이 제일 무서운 것 같아. 내 의지대로 움직일 수 없게 해. 하지만 지금은 '그랬었지.' 라며 조금은 편안히 말할 수 있어. 약을 먹기는 싫었지만 내 일상생활을 되찾기 위해서 먹었어. 일상적인 삶으로 돌아가고 싶은 마음은 간절했었던 거야. 이건 내가 가장 잘한 일이라 생각해.

02 할 수 있는 건 죽는 것뿐

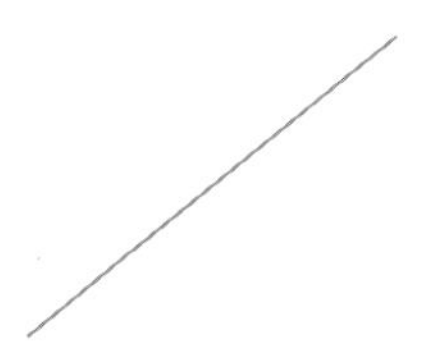

살아가는 것이 버거웠다. 열두 살에 옥상에 올라 갔던 일, '나' 라는 사람은 없어져도 된다는 생각, 조용히, 있는 듯 없는 듯 지냈던 시간들이 생각나곤 했다.
스물일곱. 죽음이 다가온다. 부모님은 계속 싸웠고, 직장 생활은 권태기가 오고, 그 당시 사랑했던 연인과도 헤어졌다. 우울증이 심해졌다. 머릿속에는 온통 죽음뿐이었다. 나는 다짐했다.

'그래! 내 삶이 버티기 힘들다면 죽는 거야.'

죽음을 결심하기 전까지 카카오 스토리에 힘들다고 내색했다. 내 행동을 의심하는 사람은 없었다. 죽고 싶었지만, 누군가 괜찮다고, 살아있어도 된다고 말해주기를 기다렸다.

경리 일을 했었다. 월말, 마감하는 날이라 야근을 했다. 나의 경력은 5년, 아직도 숫자에 대한 실수가 종종 있었다. 그럴 때마다 상사는 말했다.

"지은 씨! 요즘 왜 이래? 실수가 많아! 무슨 일 있어?"

5년이라는 말이 무색하게 일의 속도가 느려지고 있었다. 또 실수를 했다. 상사는 책상에 결재서류를 던지며 나에게 말했다.

"지은 씨! 이게 아니잖아! 다시 해와!"

상사에게 심하게 혼난 것도 처음이었다. 나도 왜 그랬는지 알 수가 없었다. 다만, 모든 것을 놓고 싶었다. 하기 싫었다. 죽고 싶었다. 일이 끝나고 나니 저녁 9시였다. 집으로 가야 하는데, 내 발걸음은 다른 곳을 향해 걷고 있었다.

"부산 가는 마지막 표 주세요!"

인천 터미널로 왔다. 무언가에 홀린 것 같았다. 아무도 필요 없었다. 가족도, 친구도, 직장도. 마음 정리를 해서 오히려 덤덤했다. 빨리 부산행 버스를 타고 싶었다. 허기가 졌다. 옆에 편의점이 보여 삼각 김밥과 소주 한 병을 샀다. 삼각 김밥을 한 입 베어 무는데 입술이 파르르 떨리며 눈물이 핑 돌았다. 이것이 나의 마지막 저녁이었으니까. 이젠 인생을 포기했으니까.

번호표를 보며 내 자리를 찾았다. 자리에 앉으려는 그때, 엄마에게 전화가 왔다. 마침 비가 와서 마치 영화의 한 장면 같았다. 빗소리가 슬픈 배경 음악처럼 깔렸다.

"오지은!! 너! 지금 어디야??"

"아!!! 집에 가고 있어!!!"

어쩔 수 없이 거짓말을 했다. 늦은 시간까지 딸이 오지 않자 걱정이 되셨던 것 같다. 전화기 너머 술을 마신 아빠의 목소리가 들렸다. '이 지긋지긋한 가정환경에서 이젠 벗어나리라.'

'엄마, 잘 있어.'

먼저 전화를 끊고 휴대전화의 전원을 껐다. 야간 운행이라 중간에 휴게소도 들르지 않았다. 신나는 음악을 들으면서 갔다. 발라드를 들으면 그 자리에서 펑펑 울 것 같았기 때문이다. 시간이 얼마나 지났을까? 아담한 터미널에 도착했다. 버스에서 내렸을 때 쏟아지는 빗소리, 컴컴한 어두움, 인적이 드문 길이 보였다. 구글 지도를 보며 해운대를 찾아 십오 분 정도 걷기 시작했다. 형형색색 모텔의 네온사인이 보였다. 내 죽음이 점점 다가오고 있었다.

"저기요! 여기, 하루에 얼마예요?"

"육만 원이요!"

금요일은 평일이 아니라 가격도 비쌌다. 숙소의 문을 열고 침대에 양팔을 벌리고 드러누웠다. 나에게 말했다.

"지금까지 수고했다!"

무작정 아무 준비 없이 왔기 때문에 갈아입을 옷이 없었다. 그러면 어떠하랴. 도착하기 무섭게 참이슬 한 병을 컵에 따르지도 않고 목으로 넘기고 있다. 빨리 취하고 싶었다. 도저히 맨정신으로는 죽음을 선택할 수 없었다.

"유서를 뭐라고 써야 하나?"

술에 취해서 유서를 쓰고 있었다. 엄마, 아빠의 싸움, 이제는 더 이상 보고 있기가 힘들었다. 내가 벌어오는 돈을 엄마가 관리한다고 나에게 용돈을 타 쓰라 했다. 나도 성인이고 내 돈을 관리할 수 있는데 엄마는 내가 돈을 무작정 쓴다고만 생각하셨다. 엄마는 내 말을 들어보려고도 하지 않았다. 매일 술 마시는 아빠도 미웠다. 왜 나를 벼랑 끝으로 몰아넣는지 알 수가 없었다. 더 이상 기댈 곳도, 설 곳도 없었다. 내가 할 수 있는 것은 죽는 것뿐이었다. 살아있는 것이 힘들고 버거웠다. 살기 싫었다. 모든 것이 다 싫었다. 그냥, 편한 곳으로 가고 싶었다.

극단적인 시도를 했지만 실패했다. 죽는 것도 생각처럼 쉽게 되질 않았다. 한숨을 쉬었다. 왜 죽는 것도 못 하는지… 살기 싫다면서 왜 죽을 수 없는 건지… 한심스러웠다. 그렇게 실패한 채 다음 날 아침을 맞이했다.

"사장님!! 1박 더 연장할 수 있나요?"

"네."

때론 죽고 싶은 마음보다 살고 싶은 마음이 더 강하게 들 때도 있다. 주변에서 먼저 알아차려 주면 좋았겠지만, 그렇지 못했으면 병원을 찾아갔어야 했다. 나는 그때 조금 더 빨리 병원에 가지 못한 것을 후회하고 있다. 그때 당시에는 병원에 가야 한다는 생각을 하지 못했다. 지금은 병원을 꾸준히 다니고 있는데, 도움이 되고 있다.

많은 눈물을 흘렸어. 내가 살 가치가 없다는 게 슬프더라고. 유서를 찢으며 나를 고통스럽게 만들 거면 왜 나를 낳았냐고 부모님을 원망했어. 근데 있잖아. 사실은 나, 잘 살고 있었던 거야. 삶은 원래 고통스러운 거니, 조금만 더 힘을 내보자고 한 번만 나에게 말해줬었더라면 슬픔의 눈물이 위로의 눈물로 바뀌었을 것 같아. 이제는 나 스스로에게 말할 수 있어. 조금만 더 힘을 내라고. 지금도 충분히 잘하고 있다고 말이야.

03 1년이 지나도 변한 게 없다

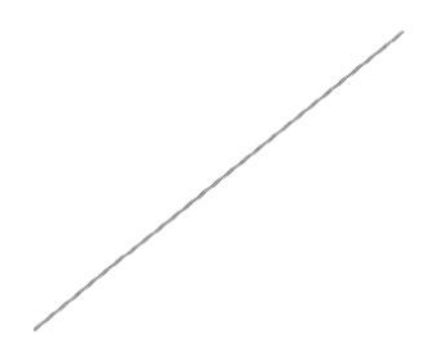

"죽기엔 너무 아깝지 않아? 너는 하고 싶은 게 많은 사람이 잖아."

남편이 나에게 한 말이다. 약을 먹기 전까지는 아깝지 않았다. 매일 죽음에 대한 생각이 수백 번 드는데 아깝다고 생각하겠는가. 만성 우울증이었기 때문에 그런 생각을 멈추고 싶어도 멈출 수가 없었다. 그저 살고 싶지 않을 뿐이었다.

2020년, 나를 통제할 수 있는 것은 아무것도 없었다. 죽고 싶다고 통곡하면 남편은 어떻게 해야 할지 모르겠다고 말했다. 당연하다. 우울증도 병인데, 의사도 아닌 그가 어떻게 도와줄 수 있었겠는가? 집안에 보이는 물건들에 시선이 갔다. 콘센트 선, 유리병, 칼이 보이면 머릿속으로 피 흘리고 죽어있는 모습을 상상하게 되었다. 밖에서 옥상이나 자동차가 보여도 그런 생각을 하곤 했다. 끝이 없는 망상으로 빠져들었다. 죽음에 대한 생각이 또 다른 인격체를 만드는 것 같았다. 죽어야 한다는 '나' 와 살아야 한다는 '나' 와의 치열한 싸움이 계속되었다.

이런 증상은 본인 스스로 컨트롤 할 수 없기 때문에 약을 꾸준히 먹어야 한다. 몇 번이고 강조하고 싶은 말이다. 선생님과 약속했기에 다음 진료까지 매일 약을 먹었다. 그리고 내가 할 수 있는 것을 했다. 유튜브 영상을 보면서 매일 10분간 명상을 했다.
앉아서 눈을 감고 복식호흡을 한다. 코로 천천히 들이마시며 뱃속 깊이 호흡을 느껴본다. 내 배는 곰돌이 푸처럼 불룩하게 내밀어야 한다. 잠시 호흡을 멈춘다. 이때, 내뱉는 호흡은 길게 내뱉는다. 긴장된 몸이 풀어지는 것이 느껴진다. 편안한 숨을 찾을 때까지 호흡을 이어나간다. 머리가 텅 비워지는 것을 느낄 것이다. 최대한 생각을 하지 않는 것이 포인트다. 몸에 아픈 데가 없는지, 아프면 어디가 아픈지도 찾아본다. 지금 이 순간 내가 숨 쉬고, 느끼고 있는 모습 그대로 10분 동안 명상하면 된다.

명상을 하면 마음이 고요해지고 평온해진다. 나는 한 달 동안 꾸준히 명상을 하게 되었다.

2020년 1월. 남편은 말레이어 공부하고 있었고, 나는 명상에 집중하고 있었다. 쿠알라룸푸르에서는 여행 가이드 경력이 없었기 때문에 일자리를 구하기 힘들었다. 생활비를 벌지 못해 불안해하는 모습을 보았다. 나는 그 모습을 보고 한마디 했다.

"자기야, 사소한 것 하나에도 감사하면서 살다 보면, 우리에게도 일자리가 들어올 거야."

나의 이런 긍정적인 반응은 명상으로 인한 효과였다. 남편은 내가 하는 말을 믿지 않았지만, 나는 남편에게 지금 이 순간이 중요하다는 것을 알려주고 싶었다. 그래서 우리 가족을 위해서 감사 일기를 쓰기 시작했다. 찾아보니 주변에 감사할 것들이 많았다. 감사할 것이 없었던 게 아니라 익숙해진 편안함 속에서 감사를 잊고 살았던 것이었다.
그러나 명상을 시작한 지 얼마 되지 않아 코로나가 터지고 말았다. 세 식구가 당장 굶어 죽게 된 상황 속에서 명상을 계속하는 것은 어려웠다. 마음을 고요하게 만들 수 없었기 때문이다. 속이 시끄러웠다. 남편은 재빨리 여행 가이드 일을 그만두고 한국으로 먼저 돌아왔다.

'코로나, 금방 사라질 거야. 감사의 마음에 집중하자.'

3월, 말레이시아에서는 온 동네를 봉쇄하는 락다운이 시작되었다. 아무것도 할 수 없게 되었다. 코로나 상황은 계속 악화되었지만, 은찬이를 국제 학교에 보내기 위해 필사적으로 버텼다. 2020년 5월. 비자가 해결되지 않은 상태라 더 이상 버틸 수가 없어 한국으로 돌아왔다. 마음이 쉽게 진정이 되지 않았다. 내가 하는 일마다 안 되는 것 같았다. 부정적인 감정들이 나를 벼랑 끝으로 몰았다.

'명상은 개뿔. 뭐 하나 잘되는 꼴을 못 보지.'

코로나를 현실로 받아들이기까지 시간이 꽤 오래 걸렸다. 말레이시아 정착을 두 번이나 실패했기 때문에 쉽게 무너져버렸다. 다시 일어날 힘이 없었다. 우울증이 더 깊어만 갔다. 진심으로 살기가 싫었다. 해외 생활 7년 차, 세부나 말레이시아에서 제대로 정착하지 못했다는 자책이 심했다. 돈을 모으기는커녕 돈은 돈대로 다 까먹고, 가정 형편은 더 어려워졌다.

식구들이 잘 때 소리 내어 울었다. 살고 싶지 않았다. 하고 싶은 것들은 많은데 하는 일마다 꼬이니 죽고 싶었다. 내 눈에 보이는 것은 온통 극단적인 선택을 하고 싶은 물건들뿐이었다. 남편은 나에게 말했다.

"명상이 아니라, 병원에 다녀보는 건 어때?"

명상으로 긍정적인 효과를 보았던 터라 남편의 말이 귀에 들어오지 않았다. 우울증은 혼자서도 이겨 낼 수 있다고 생각했다. 하지만 얼마 가지 않아 다시 우울해지기를 반복했다. 병원을 가지 않은 1년 동안, 변하지 않는 나 자신을 보며 스스로 한계를 느꼈다. 답답한 마음에 병원에 찾아갔다.

"선생님, 저 나름대로 명상도 했는데 우울증이 더 심해졌어요."

"우울증은 혼자서 극복하기 어려워요. 지은 씨는 약을 6개월에서 1년 이상 드셔야 합니다."

우울증 약을 복용한 지 1년이 되었다. 내 경험으로는 6개월 이상 먹었을 때부터 조금씩 좋아지기 시작했다. 선생님에게 살고 싶지 않다는 이야기를 많이 했다. 그에 맞는 약 처방을 받았기 때문에 지금은 죽고 싶은 생각이 많이 줄었다.

우울증을 이겨내려고 열심히 노력한 거 알아. 이제는 도와줄 수 있는 선생님이 있으니 혼자 애쓰지 않아도 돼. 나는 아픈 사람이었고, 현재도 아프지만 내가 나를 사랑할 수 있는 사람으로 성장했어. 나를 아낄 수 있는 사람이 타인도 아낄 수 있는 거야. 그러니 나를 먼저 돌보면 좋겠어.

04 슬픔이 가득한 얼굴

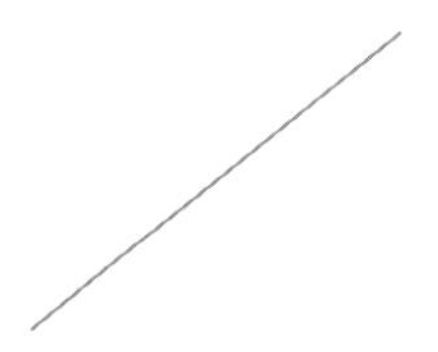

이 세상에 나 하나쯤은 사라져도 상관없겠지. 불면증으로 잠을 못 자고 있을 때 들었던 생각이다. 침대에서 뒤척이다 일어나 앉았다. 멍한 상태에서 공상을 했다. 다시 두 눈을 감으면 편안하게 잠들어서 깨지 않기를… 나만 없어지면 우리 가족이 편해질 것 같은 느낌이 들었다. 살아갈 가치가 없는 인생이라고 생각했다. 내 존재를 부정하고 싶었다. 희망이 없었다.

2020년 5월, 말레이시아에서 한국으로 돌아왔을 때였다. 전세금은 해외에서 월세와 사업 자금으로 날렸다. 지금 내가 처한 현실이 싫었다. 부정하고 싶었다. 이백만 원 남짓 되는 남편의 월급으로는 세 식구가 살아가기에 빠듯했다. 아이에게 필요한 것을 해주기 위해서는 먹고 싶은 것, 입고 싶은 것을 참아야 했다. 인생에 있어 돈이 전부는 아니지만, 돈이 없으면 행복하지 않다. 가난한데 그렇지 않은 척 애써 살아갈 뿐이다.

우울증이 심해지는 날이면 낮에도 커튼을 치고 컴컴한 채로 누워 있다. 아무런 힘이 없다. 몸은 무겁고 잠은 계속 쏟아진다. 사지 멀쩡한 사람이 일은 안 하고 하루 종일 누워 있는 모습이 죽어 있는 것 같다. 몸이 아프면 보여줄 수 있지만 마음이 아프면 그럴 수 없다.

경제적 어려움이 생긴 지 5년째인데 생활이 나아지지 않는다. '엄마니까, 엄마라서…' 하는 악착같은 모습은 전혀 찾아볼 수 없다. 목이 메어온다. 슬퍼서 눈물이 베개로 흐른다. 수도꼭지가 틀어진 것처럼 계속 쏟아져 나왔다. 저녁시간이 다가와도 나는 여전히 누워있었다. 밥이고 뭐고 아무것도 하지 못했다. 은찬이는 남편이 퇴근하면서 어린이집에서 데려왔다. 시간이 얼마나 지났을까? 문 열리는 소리가 들렸다. 은찬이가 가장 먼저 나에게 달려왔다.

"엄마, 엄마, 마음 많이 아파요?"

"응. 많이 아파."

조그마한 녀석이 내 걱정을 했다. 은찬이 앞에서 우는 모습을 보이지 말아야 하는데 스스로 감정 컨트롤을 할 수 없었다. 남편은 밥솥에 쌀을 씻어 밥을 하고 냉동식품을 냉동실에서 꺼내고 프라이팬에 기름을 둘렀다. 돈가스 냄새가 났다. 밥상을 폈다. 냉장실에서 남은 반찬들을 꺼냈다. 밥상 위에 하나, 둘, 그릇이 올라왔다. 남편과 은찬이와 함께 둘러앉았다. 내가 먹는 첫 끼니였다. 감사하게 먹었지만, 기분이 우울해지는 건 어쩔 수가 없었다. 시도 때도 없이 눈물은 흐르고 급기야 밥을 먹다가 밖으로 뛰쳐나갔다. 은찬이한테 우는 모습을 보여주기 싫었다. 남편에게 전화가 왔다.

"어디야?"

"왜 자꾸 눈물이 나오는지 모르겠어."

"일단 들어와서 이야기하자."

먼저 은찬이를 재운 후에 실컷 울기 시작했다. 맥주 두 캔을 꺼냈다. 맥주를 따니 거품이 조금 올라왔다. 나오는 거품에 자동으로 내 입술이 캔으로 갔다. 호로록. 맥주를 마시면 슬픈 감정이 더 올라오겠지. 술의 힘을 빌려 눈물을 다 쏟아내고 싶었다. 그저 내 말을 잘 들어주기만 해도 좋겠다. 일을 하고 싶은데 할 수 없는 심정, 나 때문에 남편만 고생하게 해서 미안하다는 마음을 이야기하고 싶었다.

"경제 상황이 너무 어려운데, 내가 있는 게 자기한테 너무 큰 짐을 주는 것 같아. 자기 혼자만 나를 이해해 주고, 아이도 돌보고, 집안일도 다하고 있잖아. 나만 없어지면, 나만 죽으면 우리 가정에 숨통이 트이지 않을까?"

남편은 어떠한 말도 없었다. 내가 이런 말을 할 때마다 어떻게 반응을 해야 할지 모르겠다고 한다. 내가 말하는 순간에는 어떠한 대답을 듣고 싶어서 말한 건 아니다. 내 마음 안에 있던 이야기를 하고 장례식장에서 오열하듯이 모든 눈물을 다 쏟아냈다. 내 인생은 어디서부터 어떻게 꼬였을까? 서서히 조금씩 망한 것 같다. 이미 내가 살아온 가정환경도 좋지 않은데 내가 꾸린 가정도 좋지가 않다고 생각하니 불행이 대물림되는 것 같아서 미칠 것 같았다. 한숨이 나왔다. 눈은 터질 듯이 부었고 콧물도 계속 나왔다. 슬픔이 가득한 내 얼굴을 본 남편도 이미 지칠 때로 지쳐있는 듯했다.

맥주를 다 마신 후, 남편은 먼저 잠이 들었다. 잠이 오지 않는 새벽, 블로그에 글을 쓰기 시작했다. 돈은 없지만, 노트북은 있었다. 이것만으로도 감사했다. 글은 누군가의 어떠한 조언 없이, 내 마음을 그대로 전달할 수 있다. 우울할 때마다 우울증 일기를 썼고, 자존감이 낮아질 때마다 자존감 일기를 썼다. 슬프면 자작으로 글을 짓기도 하였다. 블로그는 슬픔을 그대로 알려줄 수 있는 유일한 수단이었다.

'나' 라는 존재는 그 누구도 함부로 비하할 수 없는 것. 자신이 자꾸만 작아진다고 느껴지거나, 자기도 어찌할 수 없는 버거운 상황에 있는 사람들에게 잠시나마 쉴 수 있는 곳을 마련하는 것은 어떨까? 병원이라는 쉼터 말이다. 우울증의 원인은 사람마다 다르고, 더 이상 아무것도 할 수 없을 것만 같은 두려움을 가질 수 있다. 모든 것을 이해한다. 불안과 두려운 마음이 생길 때, 병원으로부터 도움을 받을 수 있다는 것은 감사한 일이다.

눈물을 흘리는 건 자연스러운 거야. 이상하다고 생각하지 마. 울고 싶으면 울어도 돼. 내 감정을 스스로 받아들일 수도 있어야 해. 잘한 거야. 다만, 은찬이에게 우울한 모습 보여서 죄책감이 느껴지겠지. 하지만 그럴 필요 없어. 내 상황에 대해 설명하면 은찬이는 엄마를 이해하게 될 거야.

05 더 이상 쓸 가면이 없다

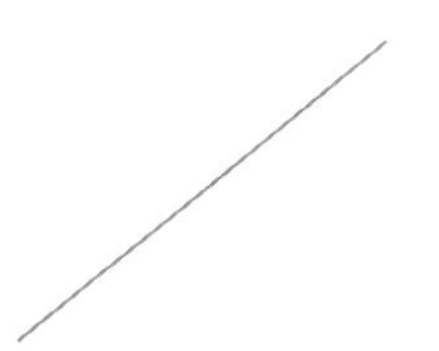

미소를 잃어버렸던 내가 웃음을 되찾았다.

예전에는, 마음으로 울고 있어도 눈물을 보이는 경우는 드물었다. 겉으로 웃을 수 있는 사회적 가면이 있었기에. 밝은 척하면서 살아가는 게 나의 삶을 유지하는 유일한 방법이었다. 우울증이 심해지면서 어느 순간 가면을 쓸 수도 없게 되었다. 병원에 다니면서 웃을 수 있는 가면을 찾고 싶었다.

2020년 1월, 말레이시아에 살 때였다. 고등학교 친구들의 단톡방에는 시시콜콜한 이야기가 오갔다. 해외에서 살다 보니, 친구들과의 대화방에는 내가 모르는 내용이 많이 올라왔다. 그럴 땐 마음이 떨어져 있는 것 같았다. 친구들이 싫은 게 아니라 단톡방을 유지해야 할 이유가 없다고 생각되었다. 그러나 단톡방에서 나가면 모임 자체에서 탈퇴하는 것 같아서 나가고 싶어도 나갈 수가 없었다.

그러던 어느 날, 휴대전화에 있는 전화번호를 정리하면서 단톡방도 정리해야겠다는 용기가 생겼다. 내 내면이 이렇게 말했다. '내가 나간다고 해서 친구들과의 관계가 멀어지는 것이라면, 인연은 거기까지인 거야.' 단톡방을 나왔다. 예전의 나라면 '나를 욕하면 어쩌지? 나를 끼워주지 않으면 어쩌지?' 이런 생각에 전전긍긍했을 텐데 지금은 마음을 내려놓았다. 나에게 더 집중할 시간이 늘어났다.

친한 친구, 은지가 있다. 평소에 연락도 만남도 거의 하지 못한다. 나도 가정이 있고 은지도 가정이 있기에. 하지만 몇 년에 한 번씩 만나도 어색하지 않고 어제 만난 것처럼 편안하다. 이처럼 서로 자주 연락하지 않아도 진정한 우정이라면 나를 반겨주지 않을까?

친구도, 그 누구도 연락하기 싫었다. 더 이상 쓸 가면이 없었기 때문에 1년간 연락도 하지 않은 채 잠수를 탔다. 애써 웃고 있는 모습을 하기 싫었다. 자신이 힘들면 아무도 보이지 않는다. 나는 나만 생각하기로 했다. 가끔 친구들에게 연락이 오곤 했다. 심지어 내가 책을 내면 첫 번째로 사겠다는 고마운 친구, 선미도 있었다. 선미가 물었다.

"지은아, 잘 지내?"

쓸 가면이 있었다면 잘 지낸다고 말했을 것이다. 우울증으로 인해 잘 지낼 수가 없는데 거짓말을 하기 싫었다. 그렇다고 솔직하게 말할 자신도 없었다.

한국으로 돌아와서 5개월이 지났다. 예진이에게 연락해서 말레이시아에서 돌아왔다는 사실을 알렸다.

"여보세요?"
"누구세요?"
"나, 지은이야!"
"오~지~이. 대체 어떻게 된 거야? 얼마나 걱정했다고!"

지금까지 왜 연락하지 못했는지에 대해서 말했다. 용기를 내서 우울증에 대해 말했다. 인간관계, 대인기피증에 대해 설명했더니 내가 원할 때, 천천히 친구들에게 연락하라고 말했다.
예진이와 만날 약속을 잡았지만, 번번이 취소됐다. 친구가 나를 피하는 것 같아 마음에 걸렸다. 우울증에 대해서 괜히 말했나? 일반 사람들이 나를 이해하기엔 어려운 걸까? 나중에 알았다. 그 시기에 예진이도 힘든 일이 있었다는 걸. 내가 오해를 한 것이다.

2021년 2월, 우울증 약을 먹고 조금은 호전이 되었다. 연락하지 않은 친구들에게 전화를 직접 걸었다. 모두 한결같이 나를 반겨주었다. 나를 걱정했던 친구들에게 미안했다. 최근에 친구들을 다 보았다. 여전히 고등학생 때의 감성을 가지고 우리는 같이 수다를 떨었다. 가면을 쓰지 않고 솔직하게 말하니까 진짜 웃음을 되찾았다.

오늘을 살아가는 건 생각보다 어려웠어. 나에게는 삶 자체가 지옥이었거든. 도망치고 싶었던 거 알아. 하지만 친구들에게 먼저 연락을 했잖아. 그러면 된 거야. 내가 보고 싶어서 연락한 거였으니까. 이제 가면을 벗고 너의 진짜 모습을 같이 찾아보면 좋겠어. 행운을 빌게.

06 화가 날 때

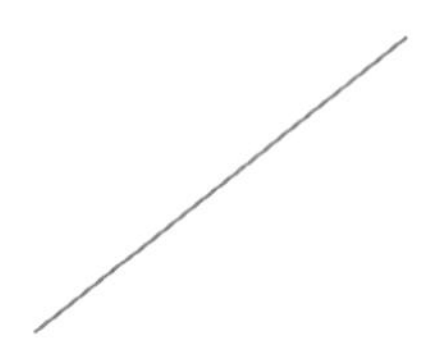

"엄마는 왜 이렇게 날 무시해!!??"

열여섯 살, 내 인생에서 처음으로 선택할 수 있는 기회가 생겼다. 고등학교 입시를 두고 인문계와 실업계를 선택해야 했었다. 나는 분명하게 내가 하고 싶은 것이 있었다. 나는 곱슬머리였기 때문에 헤어스타일에 관심이 많았다. 그리고 나와 같은 고민을 가진 사람들을 위해 미용사가 되고 싶었다.

"엄마! 난 미용사 되고 싶어. 실업계 고등학교에 가서 기술 배울래."
"뭐? 공순이 되고 싶으면 실업계 가! 대학 졸업장은 있어야지! 엄마 말 들어!"

안 된다는 말은 하지 않았지만 결국 엄마의 뜻대로 인문계를 갔다. 우리 집에서는 엄마 말을 따르지 않으면 비난을 들어야 했다.

내가 어릴 때부터 받아온 세뱃돈, 스무 살부터 아르바이트해서 벌었던 돈, 스물넷에 받은 첫 월급까지. 이 모든 돈은 엄마가 관리했다. 내 돈은 내가 관리하고 싶었는데 엄마의 강력한 말에 할 수 없이 맡길 수밖에 없었다.

"네가 벌어온 돈 안 쓰고 차곡차곡 모아서 시집갈 때 줄게. 어차피 돈 가지고 있어봤자 다 쓰게 될 거야!"

성인이 되기 전까지 이상하다고 생각해 보지 못했다. 이런 말을 듣게 되면 내가 진짜 다 쓰게 될 것 같다는 느낌을 받았다. 내가 돈 관리를 한 번도 해본 적이 없는데, 엄마는 무슨 근거로 다 쓰게 될 거라는 말을 했을까? 경제관념을 가르치지 않았던 엄마는 그저 자신이 관리해야만 안전하다고 느꼈다.

다른 친구들에게 물어보아도 돈을 스스로 관리하는 친구가 훨씬 더 많았다. 용기를 내서 엄마에게 말했다.

"엄마! 월급 내가 관리할게!!"

"엄마니까 모으지! 네가 관리하면 다 쓰지!"

"그러면 적금을 줄여주던가! 나는 배우고 싶은 것이 많아!"

"거봐, 거봐. 또 쓸 생각이나 하잖아. 누가 너처럼 적금을 쓰냐?"

"네가 진짜 하고 싶으면 주말에 따로 일하던가! 그런 열정이 있어야지!"

"무슨 소리 하는 거야? 충분히 배울 돈이 있는데 또 무슨 일을 해?"

한참을 엄마와 똑같은 대화를 한다. 차라리 벽과 이야기하는 게 더 낫겠다. 한 시간이 흘렀다. 내 방에 있던 엄마는 거실로 가서 티브이만 봤다. 나도 거실로 간다.

"엄마, 제발! 나도 좀 즐기면서 살자!"

엄마는 묵묵부답이었다. 내가 무슨 말을 하든 무시했다. 대화는 실패였다. 나는 한숨을 푹 쉬었다. 볼은 빨개지고 표정은 굳었다. 이마에 잔뜩 주름이 지고 목이 메어왔다. 하지만 엄마라서 큰소리는 치지 못했다. 엄마가 대답을 안 할 때는 이미 상황 종료라는 뜻이었다. 그러던 어느 날, 엄마, 아빠가 싸우는 소리를 들었다. 엄마는 아빠에게 말했다.

"딸, 돈을 썼으면 창피한 줄 알아야지. 만날 술 먹고 하는 짓거리하고는.... 돈이나 많이 벌어오면 몰라. 어휴!"

그렇다. 내 돈을 안 쓴다던 엄마는 어떤 급한 일 때문에 먼저 쓴 것 같다. 내 허락도 없이.

"네가 결혼하면 아무것도 터치 안 해."

우리 엄마가 맞나 의심했다. 그 뒤부터 내 목표는 결혼할 남자를 찾는 것이었다. 그 덕분에 지금의 남편을 만나긴 했다.

엄마랑 같이 살면서 내면에 화가 쌓여있었다. 나도 화낼 줄 아는 사람인데 엄마 앞에서는 씨알도 먹히지 않았다. 그런 내가 돈에 관련된 일이면 무의식적으로 화가 났다. 왜 그런지 이유를 몰랐다. 심리학책을 공부하면서 알게 된 사실이 있다. 결혼생활이나 육아를 하면서 불편한 상황이 생길 때 나와 부모님의 관계는 어땠는지 살펴보면 이유를 알게 되는 경우가 종종 있다. 나의 경우, 부모님과의 관계가 좋지 않은 경우가 대부분이었다.

'아, 나는 돈 이야기가 나올 때마다 나를 무시하던 엄마가 생각나!'

'그래서 나를 무시하면 화가 나는구나!'

이것을 스스로 알아차려야 화를 줄일 수 있다. 지금은 불편한 상황이 생기면 왜 그런지 천천히 살펴본다. '화병' 이라는 것이 유일하게 우리나라에만 존재한다고 한다. 화 때문에 일상생활에 방해가 될 정도로 괴롭고 힘들다면 의사의 도움을 받아보는 건 어떨까? 의사 선생님이 무슨 일로 왔는지 물어보면, 있는 그대로 말하면 된다. '화병' 은 내 마음을 제대로 말하지 못한 채 꼭꼭 숨겨놔서 생기는 병이니까.

엄마는 내 결혼 비용 때문에 돈을 모은 거야. 적은 월급에서 결혼 자금을 모으려니 아껴야 했겠지. 그땐 그럴 수밖에 없었을 거야. 그게 최선의 방법이었던 거지. 이제는 이해할 수 있어. 여린 마음에 상처를 받았지만, 이제는 그 상처를 안아줄 수 있어.

07 유서를 남기다

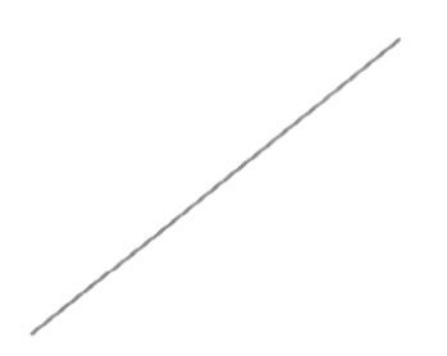

믿고 의지할 수 있는 부모가 한 명씩은 있기 마련이지만 나는 아니었다. 아빠는 알코올 중독자였고, 엄마는 시키는 대로 하지 않으면 벌을 내렸다. 엄마는 나와 영준이를 차별했다. 내가 성인이 되어 이런 말을 종종 하면, 서로 기억하는 부분이 달라서 엄마는 이렇게 말한다.

"엄만 너와 동생을 차별하지 않았어. 옷을 사줘도 너 먼저 사주고, 음식을 사줘도 너 먼저 먹였지."

아동기(6~13세)

어릴 때부터 맞벌이 부모 대신에 영준이를 돌봐야 했다. 나는 책임감이 느껴졌다. 우리 집에서는 내가 동생을 돌보는 게 당연시되었다.

나는 초등학교 3학년이었고, 영준이는 초등학교 1학년 때의 일이다. 여느 때와 같이 티브이를 보고 있었다. 만화, 핑크판다를 보려고 자리에 앉았다. 영준이는 한시도 가만히 있지 않았다. 핑크판다가 주먹을 쥐며 달리면 영준이도 주먹을 쥐며 똑같이 달렸다. 그러다가 유리 창문에 손을 부딪쳤다. 유리가 와장창 깨졌다. 영준이 손목은 깨진 유리에 베여서 피가 흘렀다. 순간 내 머릿속에는 실수하면 벌을 내리는 엄마가 떠올랐다.

"어떡해. 많이 아파?"

바닥에 피가 철철 흐르고 있었다. 나는 당황해서 정상적인 판단을 할 수 없었다. 바닥에 묻은 피를 걸레로 닦기 시작했다. 시간이 지나도 피가 멈추지 않자 엄마에게 전화를 걸었다.

"엄마! 영준이가 유리 깼는데 손에서 피가 많이 나!"

집 근처에서 문방구를 하던 엄마가 금방 집에 왔다. 엄마의 표정은 '나중에 두고 보자.' 하는 표정이었다. 엄마는 영준이를 데리고 병원에 갔다. 영준이는 손목을 몇 바늘 꿰맸다. 집으로 돌아온 엄마는 나를 부른다. 손에는 얇은 옷걸이가 쥐어져 있었다. 벌을 주기 위한 회초리였다.

"너! 엄마한테 빨리 전화를 했어야지. 바닥에 있는 피를 왜 닦아? 이래서 영준이를 볼 수 있겠어?"

"아파요! 엄마! 제가 동생을 잘 못 봤어요. 다시는 안 그럴게요."

"영준아, 많이 아팠지? 엄마 옆으로 와. 우리 강아지 상처 나서 어떡해?"

성인이 된 영준이 손목에는 흉터 자국이 아직도 남아있다. 나는 영준이를 제대로 돌보지 못해 비난을 들어야 했다. 엄마는 영준이에게 얼마나 아팠겠냐는 말을 했지만, 어린 나이에도 동생을 돌봐야 했던 나의 마음은 돌봐주지 않았다. 내가 잘못한 것이 없음에도 불구하고 나는 죄책감을 느꼈다. 좀 더 완벽하게 돌봤어야 했다며 나 자신을 비난하기도 했다.

청소년기

나와 영준이가 둘 다 중학생이 되었을 때는 엄마의 관심사도 달라졌다. 엄마는 우리들의 외모를 지적했다. 나한테는 '살' 이었고 영준이는 '키' 였다. 사진을 보며 엄마는 나에게 말하곤 했다.

"봐라. 초등학생 때 얼마나 날씬한가. 다리도 빼빼 말랐잖아. 지금은 친할머니 닮아서 엉덩이가 조선 땅 반만 하다."

키가 작은 영준이를 보며 엄마는 말했다.

"남자는 무조건 키가 커야 해. 키 크는 약 사 왔으니까 챙겨 먹어."

청소년기에 엄마의 관심은 온통 영준이의 키였고 결국 180cm로 성장했다. 엄마가 나에게도 약 먹으라고 말하긴 했지만 누가 봐도 영준이를 위해 사 온 약이었다. 나는 '엄마가 나와 영준이를 차별하는구나.' 하고 속으로만 생각하고, 다이어트해야 된다고 안 먹겠다고 말했다.

2019. 9월에 쓴 유서

이제 혼자 외롭고 싶지 않습니다.

외롭지 않은 곳으로 가고 싶어요.

어렸을 때부터 누군가와 함께이기 보다 늘 혼자였던 내가,

마지막으로 혼자의 길을 선택해 편안해지고 싶습니다.

누구에게도 내 고통을 주고 싶지 않습니다.

혼자의 고통으로 혼자 살겠습니다.

하늘에서 자유롭게...

지금은 죽고 싶은 이유 보다 살아야 하는 이유를 더 찾고 있다. 책을 출간하고자 하는 꿈이 생겼다. 내 꿈을 천천히 이루어 가는 것, 글쓰기를 통해 마음을 치유하는 것. 은찬이를 지켜야 하는 것 등이 그 이유이다. 이제 유서 쓰는 것을 멈췄다.

내가 달라질 수 있었던 이유는 병원에 가서 내 이야기를 했기 때문이었다. 유서까지 썼으니 언제든지 죽을 준비가 되어있었다. 그러나 나는 아직도 살아있다. 숨을 쉬고 있다. 지금 죽음을 생각하고 있는 누군가에게 내 이야기가 도움이 되었으면 좋겠다.

나도 엄마, 아빠의 정서적인 사랑을 듬뿍 받으며 자라고 싶었어. 지금도 늘 마음 한쪽이 외로워. 공허하고 텅 빈 느낌이 싫어. 성인이 되었어도 아이 같아. 잠시만 나에게 와줄래? 내가 있으니 이제 외롭지 않지? 너무 늦게 찾아와서 미안해. 유서까지 썼던 너의 심정은 이루 다 말할 수 없이 괴로웠겠지. 이제는 내가 너를 챙겨줄게. 동생이 다친 건 마음 아픈 일이지만 너의 잘못이 아니었어. 사고였다는 걸 너도 알잖아. 이제 그만 미안해도 돼. 사랑한다, 어린 오지은.

08 환청, 환시를 경험하다

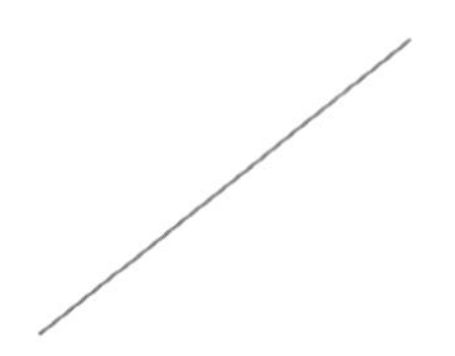

죽을 뻔했다. 환청과 환시가 나를 힘들게 하고 있었다. 환청은 주위에 아무것도 없는데도 어떤 소리나 사람 목소리가 들려오는 조현증의 한 증상이다. 환시는 실제로 존재하지 아니한 것을 마치 보이는 것처럼 느끼는 환각 현상이다. (출처: 네이버 지식백과)

이러한 경험을 한 이유는 현실의 '나'와 가상의 '나'를 구분하는 것이 점점 어려워졌기 때문이다. 현실에서는 가족이 있으니 살자고 말하고 있었다. 가상에서는 가족에게 민폐이니 사라지자고 말하고 있었다. 제정신이 아니었다. 나를 말릴 사람은 아무도 없었다. 가족들은 나를 지켜만 볼 뿐 어떻게 행동해야 할지 모르겠다고 했다.

2019년 11월, 친정집에 돌아올 생각은 없었다. 내가 극단적인 시도 이후 어쩔 수 없이 부모님에게 알려야 했다고 남편은 말한다. 나는 어떻게 죽어야 할까? 매일 이 생각만 하며 지냈다. 남편에게 자살유가족 꼬리표를 붙이고 싶지 않으니 이혼하자고 말했다. 진심이었다.

가족들 몰래 짐을 싸고 집을 나왔다. 인천 터미널에 도착했다. 버스표를 끊으러 안으로 들어가야 하는데, 햇빛에 비친 의자가 보였다. 잠깐 앉아서 생각을 했다. 살고 싶으면 노숙자가 되어야 할지, 죽고 싶으면 어디 가서 죽어야 할지 머릿속은 복잡했다. 갈등이 나를 더 미치게 만들었다. 사람들은 바쁘게 지나가고 있었다. 저 사람들은 나처럼 이런 생각, 하지 않겠지.

'나는 왜 이렇게 사는 것도 힘들고, 죽는 것도 힘들까?'

죽음에 깊이 빠졌는지 어느 순간부터 환시가 보이기 시작했다. 믿을 수 없었다. 눈을 비벼 보았다. 내 눈앞에 내가 목을 조인 상태로 죽어 있는 장면이 보였다. 내 영정 사진이 주변에 둥둥 떠다녔고, 슬퍼하고 있는 가족들이 보였다. 울어도, 울어도, 없어지지 않았다. 이게 대체 무슨 현상일까? 나 스스로도 놀랬다. 택시를 탔다. 안절부절못했다. 다시 친정집으로 돌아가기까지 20분. 창문을 바라보니 풍경이 아닌 환시가 계속 보였다. 막상 죽은 모습을 보니 싫었다. 눈을 감고 있었다. 최대한 머릿속으로 상상하지 않으려 애썼다. 그러는 동안에 집에 도착했다.

집에는 아무도 없었다. 침대에 앉아서 귀를 막았다. 이번에는 환청이 들리기 시작했다. 평소에 하지도 않았던 행동을 하기 시작했다. 귀신에게 홀리듯이 말이다.

'나는 지금 자해를 해야 해! 긴 자 있으면 가져와!'

'그래. 잘했어! 나를 미워하는 만큼 때리는 거야!'

또렷이 기억난다. 누군가의 목소리. 시키는 목소리. 엄마와 남편에게 차례대로 전화를 했는데 전화를 받지 않았다. 친구가 전화를 받았고, 나는 전화기에 대고 울음을 터트렸다. 내 친구 보라는 한걸음에 달려왔다. 멍든 손목을 보며 말한다.

"이게 뭐야, 이게? 얼마나 아팠어!"

몸이 떨렸다. 보라에게 미안했다. 아픈 모습을 처음 보여주었는데, 한편으로는 고마웠다. 내가 죽지 않도록 와줘서. 우울증은 보라에게 미리 말을 해놓은 상태였다. 비상시에 연락할 일이 생길 것 같아서였다. 보라가 도와주지 않았다면 아마 난, 죽었을지도 모르겠다.

심리상담센터에서 현실과 망상을 구분하지 못하면 조현병 초기 단계라고 말했다. 막상 이런 이야기를 들으니까 무서웠다. 내가 마음이 아파도 단단히 아팠나 보다. 안쓰러웠다.

사나흘, 환청과 환시가 있었다. 남편도 심각성을 깨닫고 사랑으로 안아주고 나를 이해해 주었다. 그래서인지 조금씩 나아지기 시작했다. 사랑받지 못해 비어있었던 정서적인 부분을 남편이 채워주는 것 같았다. 현실의 '나'를 내가 붙들고 있었다. 정신은 놓지 않았다. 은찬이도 봐야 하고, 가정을 지켜야 된다는 책임감으로 나를 지키려고 애를 썼다.

혹시 이 책을 읽는 당신에게 이런 경우가 있었다면 빠르게 병원을 찾아가거나, 심리상담센터를 찾아가야 한다. 그리고 나의 삶을 지켜내야 한다. 내 옆엔 아직도 나를 걱정해 주고 나를 사랑하는 사람들이 있다. 나는 혼자가 아니다.

네가 고생이 많았구나. '죽음'을 하루 종일 생각하니까 나만의 세계가 생기는 것 같았지. 그건 너무 혼란스럽고 괴로웠어. 다시는 경험하고 싶지 않아. 현재가 얼마나 중요한지 깨닫는 계기가 되었어. 평소와 같은 평범한 일상이 얼마나 소중한 건지, 나는 몰랐던 거야. 사랑하는 은찬이와 남편을 생각해. 그리고 나를 도와줄 수 있는 사람들에게 손을 내밀어봐. 그들은 기꺼이 너를 도와줄 거야. 세상은 아직도 살만하다는 걸 너도 알았으면 좋겠어. 나도 이제 너를 혼자 두지 않을게.

〈 제 3 장 〉

선생님 죽고 싶어요

01 과거에 대해 이야기해 볼까요

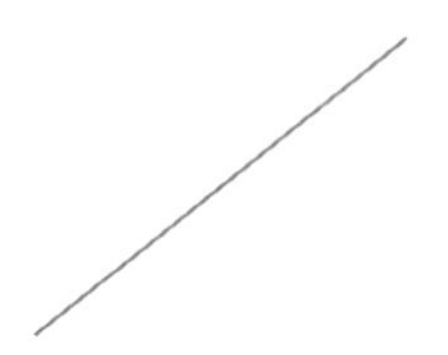

부모님에 대한 믿음이 없었다. 잠깐이라도 아이들을 봐줄 수 없을 정도로 바빴다. 부모님은 충무로에 있는 개인 인쇄소를 18년간 운영을 했다. 어릴 때 기억으로는, 이상한 냄새가 났고, 계단도 가파른 아주 작은 곳이었다.

우리를 키우기 위해 최선을 다하며 사셨지만, 부모님의 상황을 이해하고 받아들이기엔 어렸다. 첫째라는 이유로 얌전히 영준이를 돌봐야 했다. 어련히 내가 영준이를 잘 보겠지 생각하고, 동생을 나에게 맡기셨다. 인쇄소 근처에 수영장이 있었는데, 주말에 영준이를 데리고 수영장을 가는 게 내 낙이었다. 나도 누군가 나와 함께 놀아주었으면 좋겠다고 생각했다.

생일 선물은 어디에

여덟 살, 내 생일 때다. 엄마는 케이크를 준비하고 노래를 불러 주셨다. 촛불을 끄기 전에 소원을 빌었다.

"생일 축하해. 우리 딸."

"엄마, 내 생일 선물은 없어?"

"케이크가 생일 선물이야."

나에게는 인형이 없었기에 바비 인형 세트를 갖고 싶었다. 그 당시 부모님이 운영하셨던 문방구에 그 인형이 진열되어 있었는데, 나는 그 인형을 매일 뚫어져라 쳐다보았다. 이 마음을 모를 리 없었다.

"인형은 나중에 사줄게! 케이크 어서 먹어!"

나중에' 라는 말에 나는 한없이 기다렸다. 하루, 이틀, 삼일, 한 달이 지나도 소식이 없었다. 떼 한번 부리지 않았다. '엄마가 바쁘니까 나중에 주겠지.' 생각했다. 얼마나 시간이 지났을까? 어느 날, 엄마에게 말했다.

"엄마, 나 생일 선물로 인형 사주기로 했잖아. 언제 줄 거야?"

"엄마가 언제 그런 말 했어? 그런 말 한 적 없는데?"

'아닌데, 분명 나는 인형 갖고 싶다고 얘기했는데… 내가 엄마한테 말을 안 했었나?'

부모님이 바쁜 것은 알고 있었다. 어쩌면 내가 갖고 싶었던 것은 인형이 아니라 엄마의 따뜻한 관심과 말이 아니었을까.

자전거를 왜 안 사줄까?

열 살 때 일이다. 친구들은 대부분 자전거를 타고 놀았는데 나는 자전거가 없었기 때문에 뛰어다녔다. 자전거를 탄 친구들과 어울리기 힘들었다. 매번 땀에 흠뻑 젖은 채 흙먼지를 뒤집어쓰기 일쑤였다. 당연히 친구들을 따라잡을 수 없었다.

"엄마! 나도 자전거 사줘."

"이번 시험 잘 치면 사줄게."

영준이를 돌보면서 열심히 공부했다. '수, 우, 미, 양, 가'로 성적표가 나왔는데 나는 대부분 '미, 양, 가'가 거의 대다수였다. 등수를 뒤에서 세는 게 더 빨랐다. 엄마는 그런 내가 창피했나 보다.

"엄마! 나 시험 성적 올랐어! 자전거 사줄 거지?"
"엄마가 언제 그런 말 했어? 그런 말 한 적 없는데?"

'분명히 사준다고 했었는데...'

자전거뿐만 아니었다. 엄마는 늘 내게 약속을 했고, 그리고 약속을 지키지 않았다. 어렸을 적부터 부모님의 허황된 약속 탓에 나는 누군가를 믿고 의지하는 마음이 점점 약해진 것은 아닐까 의심해 본다. 쪼들리는 살림에 엄마는 경제적으로 힘들었을 수도 있었을 것이다. 하지만 그냥 솔직하게 말씀해 주셨으면 오히려 덜 상처받지 않았을까? 적어도 엄마에 대한 신뢰는 지킬 수 있지 않았을까?

정서적인 대화를 할 수 있는 사람이 없었다. 아무도. 나 혼자 속으로 생각하고, 속으로 삼키고... 그게 나의 유일한 대화법이었다. 하고 싶은 말이 있어도 차마 내뱉지 못하고 꿀꺽 삼키곤 했던 내 어린 시절. 부모님이 나에게 정서적으로 신경 써주기를 바랐다.

정서적 사랑이 얼마나 중요한 건지. 한 사람의 인생을 송두리째 바꿀 수 있다. 부모 중에 한 사람은 정서적 교감을 했었더라면, 나는 어떻게 자랐을까? 내가 엄마로부터 배운 게 없으니 은찬이에게도 똑같이 하고 있었다. 정서적 사랑을 주지 않았다. 심리책을 보고 어느 날 내 행동을 바꾸어야겠다는 생각을 했다. 내가 바뀌어야 대물림을 끊을 수 있다.
은찬이를 붙잡고 미안했다고 사과했다. 그 당시 7살이지만 다 알아듣는다. 더 늦기 전에 용서를 빌어서 마음이 편하다. 내가 바뀌니 은찬이도 바뀌고 집안 분위기도 더 밝아졌다.

약속을 지키지 않았던 부모님 때문에 속상했구나. 속상한 마음을 표현하지 못해서 답답했을 거야. 이야기를 들어주는 사람이 없어서 억울하기도 하고 많이 외로웠지? 부모님이 이유를 설명해 주시고 미안하다고 하셨으면 더 좋았을 텐데. 너에겐 다 상처가 되었구나. 괜찮아. '그럴 수도 있지, 뭐.' 이렇게 생각해 보는 건 어때? 한결 마음이 편해지지 않니? 내 마음을 결정짓는 것도 나니까. 이젠 시간이 많이 흘러 벌써 어른이 되었구나. 아픔을 털어낼 수 있길 바라. 이렇게 이야기하고 나니 좀 더 마음이 편하지 않니?

02 모든 것을 다 말하지 않아도 괜찮아요

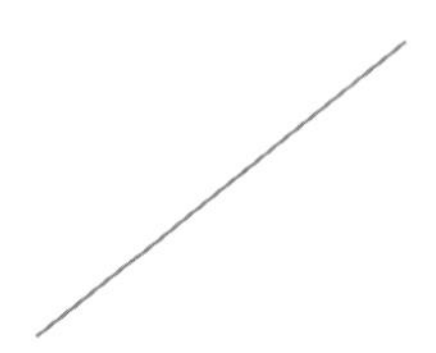

나: 안녕하세요. 선생님.

선생님: 네, 어서 오세요! 지은 씨, 아빠는 1년 내내 술 마시는 알코올 중독자고, 엄마는 통제가 심해 억압이 있다고 말했어요. 학교에서 왕따로 학교폭력을 당해서 교우관계가 힘들었다고 말했고요. 지금부터 과거에 대한 이야기는 천천히 말해주면 됩니다. 억지로 모든 것을 다 말하지 않아도 돼요.

나: 그렇게 말해줘서 감사합니다. 하지만 저는 우울증이 낫고 싶어서 왔기 때문에 모든 것을 말하고 싶어요.

선생님: 지은 씨는 부모님을 생각했을 때 어떤 기억이 가장 잊히지 않던가요?

나: 정확하게는 기억이 나지 않지만 열두 살 때쯤, 매일 밤 아빠는 술을 마시고 집에 왔어요. 결국 부모님의 다툼은 몸싸움으로까지 갔어요. 방 안에서 조용히 소리를 들으며 기다리다가 엄마의 호출이 있으면 바로 달려가 싸움을 말렸어요. 동생이 있는데 제가 늘 부모 역할을 했었던 것 같아요. 매일 집안 청소를 하며 영준이를 돌보는 일이 버거웠어요. 저도 부모님의 사랑을 받고 싶었어요. 부모님은 저에게 고맙고 사랑한다는 말이 없었어요. 그렇지만 전 괜찮은 척을 했어요. 엄마는 늘 밝고 씩씩한 사람을 원했거든요. 그래야만 제가 사랑받을 수 있었어요. 공부를 못하면 못한다고 혼냈고, 공부를 잘하면 물건을 사주는 조건적인 사랑을 했어요. 저는 이것을 지금까지 사랑이라 여겼고, 저 또한 은찬이에게 무의식적으로 똑같은 사랑을 주고 있었어요.

선생님: 그렇군요. 학교 다닐 때 어떤 점이 가장 힘들었나요?

나: 중학교 3학년부터 고등학교 1학년까지, 2년간 왕따로 학교폭력을 당했어요. 그 이후로 사람들이 두렵고 무서워요. 공포나 스릴러 영화에서 무서운 장면을 보면 온몸에 소름이 돋듯이 친구들을 만나면 몸부터 정신까지 긴장하게 돼요. 나 싫어하면 어떡하지? 나 욕하면 어떡하지? 따돌리면 어떡하지? 이러한 생각이 성인이 되기까지 이어졌어요. 사람을 만나면 온몸의 에너지를 다 써서 집에 오면 완전히 방전돼요.

선생님: 네. 요즘 집에서 오열하면서 운다고 했는데 지금은 아주 이성적이고 차분하네요. 집에서는 현재 모습하고 완전히 다른가요?

나: 네. 집에 있는 모습과 밖에 있는 모습이 많이 달라요. 뭐랄까? 흐트러지면 안 된다는 강박을 가지고 있어요. 제 생각인데 엄마가 저에게 완벽한 것을 원했던 것 같아요. 그게 제 인생을 흔들어 버릴 정도로 영향을 줄지는 몰랐어요.

선생님: 그렇다면 집에서 오열하는 건, 그 강박을 깨기 위한 건가요?

나: 네. 그런 이유도 있고, 가장 큰 이유는 차라리 누군가라도 붙잡고 내 마음을 표현해 볼걸. 조금이라도 견딜 힘이 생길 때 혼자서 병원에 와볼걸. 이러한 생각 때문에 요즘 따라 자꾸 슬퍼요. 이미 자 자신이 무너져서 일어날 수 없는 사람이 되었어요.

질문이 끝나고 선생님이 전체적인 내 상태에 대해 말했다.

선생님: 쉽게 설명해 보죠. 다이어트에 대한 예를 들어볼게요. 식사를 많이 굶으면 굶은 사람일수록 엄청난 폭식을 하게 돼요. 폭식은 하루 세끼를 꼬박 먹는 사람에게는 거의 나타나지 않아요. 살 빼고 싶은 욕망에 따라서 많이 굶으면 굶을수록 폭식하는 습관이 형성돼요. 마찬가지로 어릴 때부터 자신을 돌보고, 감정을 존중받고, 감정을 신경 쓰는 사람은 누군가에게 이해받으며 인정받고 싶은 욕구가 그렇게 크지 않아요. 근데 나 자신을 못 챙기고 남 눈치 보고 산 사람은 지은 씨가 말하는

것처럼 "제발! 내 마음 좀 알아줬으면 좋겠다!", "내가 말하는 게 무슨 뜻인지 이해해 줬으면 좋겠다." 그런 강한 욕구가 생겨요.

나: 네. 맞아요. 남에게 인정받고 싶어 해요.

선생님: 어린 시절부터 계속된 경험이 지은 씨가 본인을 챙기지 못하게 만들었어요. 학창 시절에는 친구 관계에서 오는 외로움, 소외 당할까 봐 느꼈던 두려움이나 공포심, 이런 것들 때문에 계속 남이 신경 쓰였어요. 또 더 어릴 때는 집에서 부모님을 신경 쓰느라 정신이 없었어요. 내 말에 공감해 주고 누군가를 만났을 때 상처받지 않고 싶어 하고, 자신의 마음을 이해받고 싶은 욕구들은 어린 시절의 기억과 연관이 있는 것 같아요. 항상 극과 극은 통한다는 것을 염두에 두세요. 이렇게 본인이 힘들어하는 것은 그만큼 결핍된 무언가가 있거나 갈등 요인이 있기 때문에 그런 거예요.

나: 네. 선생님 잘 기억해두겠습니다.

부모님에게 인정받고 싶은 욕구가 엄청 컸던 것 같아. 공부도, 운동도, 내가 무엇을 하든 간에 칭찬보다는 더 열심히 하라고 채찍질만 하셨지. 부모님께 칭찬받고, 인정받고 싶어서 나 자신에게 더 모질게 대했어. 그때 당시의 어린 나에겐 다른 선택이 없었어. 부모님이 나에겐 제일 큰 존재였으니까. 내 욕심이 결국은 나를 불행하게 만든 것 같아. 스스로 나를 응원해 주면 좋았을 텐데. 지금 이렇게 책 쓰기에 용기를 내는 것처럼 말이야. 어른이 되어보니 한 아이가 얼마나 소중한 존재이고 귀한 생명인지 알게 되었어. 너에게도 이걸 이야기해 주고 싶었어. 오지은은 존재 자체만으로도 귀한 사람이야. 누구의 인정이 없어도 너는 멋진 사람이야.

03 누가 내 마음 좀 알아주세요

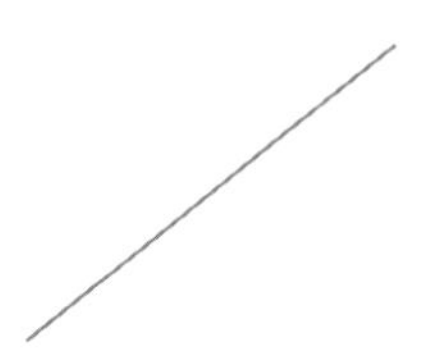

우울증 환자에게 해서는 안 되는 말이 있다. 잘못하면 어설픈 위로와 조언은 상처가 된다. 주변의 도움을 받아야 하는 우울증 환자에게 어떻게 하면 좋을지 알려주고자 한다. 실제로 내가 들었던 말들이다.

힘내

여행 유튜버를 할 때였다. 필리핀 섬을 소개하는 과정이었다. 2019년 9월, 서핑 천국 시아르가오 섬에서 촬영 약속이 있었다. 여행으로 알게 된 여진 언니의 게스트하우스 홍보를 해주기로 했다. 기획, 촬영, 편집할 생각에 기대에 부풀었다. 그런데 촬영하기 며칠 전부터 심한 우울증이 찾아왔다. 삶의 의욕이 사라졌다. 죽음에 대해 생각했다. 나 같은 사람은 살 가치가 없었다. 바다 깊이, 심해 속을 헤맸다. 나에게 죽음에 대한 생각이 충동적으로 찾아왔다. 정신이 혼미한 상태였다. 약속을 지킬 수 있는 상황이 아니었다. 약속을 취소해야 할까 고민했다. 거짓말은 하기 싫어서 솔직하게 말했다. 어쩌면 내 마음을 알아달라는 메시지였을지도 모른다.

"언니, 나 죽고 싶어서 극단적인 선택을 했었어. 약속 못 지켜서 미안해."

그 언니는 내게 "힘내."라고 말했다. 어떤 의도인지는 알겠으나, 당장 죽을 것 같은데 어떻게 힘을 내라는 건지 알 수가 없었다. 그렇게 말한다고 해서 힘이 나는 게 아니었기 때문이었다. 아무 조언을 하지 않고 들어주기만 했더라면 더 좋을 것 같았다.

너보다 힘든 사람을 생각해

삶에 조금이라도 미련이 남았다면 끝까지 살아남으려고 하지 않았을까? 죽으려고 하지 않았겠지. 내가 우울증이 온 이유가 있다. 성장기 때 부모님 눈치를 보면서 자란 것이 큰 이유이다. 성인이 되어 타인의 시선을 생각하는 건 지금도 여전하다. 온몸이 떨린다. 친구가 말했다.

"그럼, 너보다 힘든 사람을 생각해 봐."

이 말은 우울증 환자에게 독이 되는 말이다. 사소한 것까지 타인의 평가가 무서워 제대로 말 한마디 못하며 살았다. 참고, 또 참고, 참으며 말이다. 지금 당장 내 마음이 힘들고 아픈 순간에도 타인을 생각해야 하는 건가? 우울증으로 죽음을 시도한 사람한테 힘든 사람이 보이겠는가? 오로지 '나' 만 보인다. 차라리 조언 대신, 이야기를 끝까지 들어준다면, 같이 울어주거나 안아준다면, 오히려 따뜻한 마음이 상대방에게 전해질 것이다. 그게 진심 어린 위로가 아닐까? 생각해 보면, 누군가를 있는 그대로 받아들이고 인정한다는 것은 어려운 일이 아니다. 그냥 '그렇구나.' 한 마디만 하면 된다. 그러나 한 편으로는, 제일 어려운 것이 나 자신을 인정해 주는 것, 그리고 상대방의 상황과 인격을 존중해 주고 받아들이는 것이라는 사실이다. 거의 모든 인간관계의 문제는 상대방을 인정해 주지 않는 데서 오는 갈등과 문제들이다. 참 쉽지 않은 것이 인생이다.

그러니 우울증을 앓고 있는 사람에게 "너보다 더 힘든 상황에 있는 사람도 잘 살고 있어. 그 사람들을 생각해봐."라는 이야기는 하지 말자. 차라리 말없이 그냥 안아주는 것이 그들에게는 더 큰 위로가 될 것이다.

긍정적으로 생각해

우울감을 우울증으로 착각해서는 안 된다. 우울(Melancholia) 또는 우울감은 근심스럽거나 답답하여 활기가 없다는 점에서 기분이 언짢은 느낌 또는 반성과 공상이 따르는 가벼운 슬픈 감정을 말한다. 우울증은 흔한 정신질환으로 마음의 감기라고도 불린다. 우울증은 성적 저하, 대인관계의 문제, 휴학 등 여러 가지 문제를 야기할 수 있으며 심한 경우 자살이라는 심각한 결과에 이를 수 있는 뇌질환이다. (출처: 네이버 지식백과)

나는 뇌 질환을 가지고 있는 우울증 환우이다. 심지어 극단적인 시도로 인해 사고도 있었다. ?우울증 환우도 사람이다. 긍정적인 말과 긍정적인 생각이 자신을 바꿀 수 있는 열쇠라는 것은 누구보다도 잘 알고 있다. 우울증은 전반적인 정신 기능이 저하된 상태이기 때문에 사고 과정도 나 스스로 할 수 있는 게 아니다. 주변 사람의 도움과 전문적인 치료가 필요하다.

내가 변할 수 있었던 이유는 조언 없이 들어주는 사람이 있었기 때문이었다. 2020년 11월, 나는 폐쇄병동에 한 달간 입원했던 적이 있었다. 병원에는 요일마다 정신 교육 시간이 있었다. 우울증이라던가, 자살이라는 주제에 대해 사회복지사님이 진행하는 시간이었다. 한 시간 동안 수업을 듣고 참다못한 나는 이렇게 말했다.

"선생님! 저는 여기서 지내는 동안에도 죽고 싶은 마음이 들어요."

복지사 선생님은 사흘 동안 나의 성장 과정부터 성인이 되기까지의 일들을 모두 다 들어주었다. 어떤 불만 없이 있는 사실만 이야기했다. 그 이야기는 책으로 기록한 걸 말했다. 마지막 날, 내 안에 있던 마음의 찌꺼기까지 다 털어내어 이야기하고 나니까 속이 시원했다. 때론 아예 몰랐던 사람에게 말하는 것도 나

뻐지 않다. 앞으로 마주칠 일이 없기 때문이다. 선생님은 이렇게 말했다.

"지은 씨, 지금까지 잘 버티며 살아왔어요. 그리고 제가 끝까지 들어준 이유는 듣다 보니 저와 가정환경이 비슷해서 어느새 감정 이입이 되었어요. 큰 용기를 내주어서 감사해요."

세상을 살아가면서 조언 듣는 시간은 많지만, 진심으로 위로가 되는 말은 듣기 어렵다. 우울증 환우는 자존감이 낮은 사람이다. 성장 과정에서 자기 자신을 위로하는 법과 사랑하는 법을 배우지 못했다. 그렇기 때문에 용기를 내어 무언가를 이야기할 때는 들어 줄 사람이 필요해서 하는 것이다. 내가 그 사람이라면 나는 어땠을지? 상대방의 입장에서 들어보았으면 좋겠다. 따뜻한 시선과 진심 어린 관심이 우울증 환우를 살릴 수 있다. 스스로 일어서기까지 시간이 걸리겠지만 다시 살아가는데 가장 큰 원동력이 된다. 재촉해서는 안 된다. 천천히라도 좋으니 기다려줄 수 있는 마음을 보여주는 게 좋다.

나한테 말해줘서 고마워. 많이 힘들었지? 지금까지 잘 버텨왔어. 이젠 마음의 짐을 좀 내려놔. 내가 옆에서 도와줄게. 혼자 병원에 가는 게 힘들다면 같이 가줄게. 그게 내가 도울 수 있는 일이라면 도와줄게. 너는 더 이상 이 세상에서 혼자가 아니야.

04 선생님 죽고 싶어요

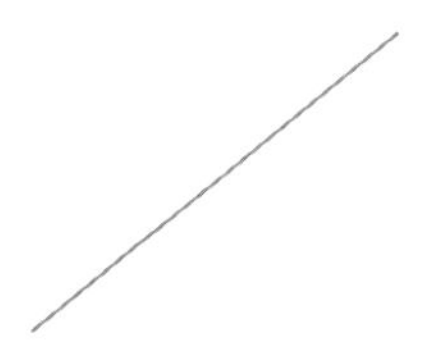

죽고 싶은 마음, 충분히 이해한다. 글을 쓰는 동안에도 죽음을 시도했다. 왜 이렇게 죽고 싶어 하는 걸까? 왜 나는 사람들에게 걱정만 끼칠까? 나는 민폐를 끼치는 사람일까? 이 생각, 저 생각에 말랐던 눈물이 나왔다. 미래가 두려웠다. 만약에 은찬이가 아프면 병원비 낼 돈도 없는 상황이었다. 내가 갑자기 죽으면 장례식 비용도 없을 텐데. 돈이 없어서 죽지도 못한다는 결론에 다다랐다.

돈이 우리 가정의 목숨을 쥐고 있었다. 통장 잔고가 0원인 채로 지낸 지 6년. 우리 가정은 경제적인 문제 앞에서 무너졌다. 돈이 없으니 불안했고 불행했다. 돈은 없다가도 생기는 것이라는데 우리 가정에는 생기질 않았다. 한없이 우울했다. 남편의 외벌이로만 생활하다 보니 아이 하나 키우는 것도 벅차기만 했다. 빠듯한 생활에 숨쉬기가 힘들었다.

"자기야, 오늘 하루 수고하고! 파이팅!"

"우리 은찬이, 학교 잘 다녀와."

두 사람을 보내고 나면 마음이 허해졌다. 나는 대체할 수 있는 것이 무엇일까? 오늘도 죽고 싶은 생각을 했다. 우울증이 심해서 일도 못 하겠다. 미래가 보이지 않았다. 무표정으로 하루를 보내던 어느 날은 은찬이가 날 찾아와 이야기한다.

"엄마, 지금 마음 아파서 우는 거죠?"

"응. 맞아."

나를 토닥토닥 안아준 뒤 은찬이가 휴대전화로 아빠에게 전화를 건다.

"아빠, 엄마 마음이 아프대요. 빨리 와야 할 것 같아요."

이 말을 들은 나는 은찬이 앞에서 또 엉엉 울었다. 미안했다. 은찬이에게 부정적인 감정을 전달해 주는 것 같았다. 나도 아이 앞에서는 이런 약한 엄마의 모습을 보여주고 싶지 않았지만 그게 내 마음대로 통제되지 않았다. 내 우울증은 멈추지 않았다. 계속 눈물이 나왔다. 쥐구멍이 있다면 숨고 싶었다. 하지만 방 안에는 나와 은찬이 뿐이었다. 엄마의 역할을 못 하는 것 같아 마음이 아팠다. 아이가 엄마인 나를 위로하는 말을 해주었는데도 진정되지 않았다. 우울증은 아무도 못 막는 것 같다. 위험한 일이 생기지 않도록 옆에서 지켜봐 주고, 어느 정도 충분한 시간이 지나야 된다. 나 스스로 감정을 다스려야 진정이 된다. 죽고 싶은 눈물에는 한이 들어있다. 내가 여기서 삶을 끝내면 은찬이 얼굴도 못 보고 남편 얼굴도 못 보겠지.

"선생님. 저는 대체 왜 이러는 걸까요?"

"불투명한 미래는 지은 씨 뿐만이 아니라 다른 사람들도 불안하게 한답니다. 당장 내일, 어떤 일이 일어날지 우리는 장담할 수 없어요. 죽고 싶은 마음 충분히 이해합니다만, 꼭 자살만이 답은 아닙니다."

2021년 5월, 죽고 싶은 마음이 조금은 줄어들었다. 갑자기 내 주변 상황이 확 달라지지 않는다는 현실을 인지했다. 어쩌면 나는 돈을 많이 버는 성공을 원하고 있었을지도 모른다. 그것이 내 마음대로 되지 않기 때문에 우울증에 걸렸을지도 모른다. 어떤 이유이든 지금의 삶을 다시 살아갈 수 있도록 도와준 것은 정신과 선생님이시다. 꾸준히 내 기분을 살펴보며 약을 조정해 가며 나에게 다가왔기 때문이다.

나는 가족이 아니었다면 진작 죽었을지도 모른다. 여덟 살, 은찬이가 나를 사랑하는 마음이 고스란히 느껴진다. 얼굴을 보고, 대화하며, 안아주는 것이 내 인생의 행복이기도 하다. 덕분에 내가 살아 있는 것이 더 낫다는 생각을 하게 되었다. 우울증으로 불안한 가운데서도 가족이 있기에 안정감을 느낀다. 남편과 은찬이를 많이 의지하고 있다는 것을 우울증을 겪으면서 더 확실하게 깨닫게 되었다. 조건 없이 나를 사랑해 주고 받아주는 사람은 가족들밖에 없다. 가족들에게는 조금 편해도 되고, 조금 더 기대도 된다.

당신에게 가족은 어떤 의미인가? 나에게 가족이 중요하듯이 가족에게도 내가 중요한 사람이라는 사실을 잊지 말았으면 좋겠다. 그리고 진짜 나를 위한 것은 내가 멈추지 않고 나의 삶을 살아 내는 것이다. 나 자신만큼 나를 사랑하고 나에 대해 잘 아는 사람은 없을 테니까. 죽음을 원하는 이유도 더 깊이 들어가 보면 나 자신에게 더 좋은 내가 되어 주지 못한 것 때문이 아닌가? 그만큼 나 스스로에게 실망감을 주고 싶지 않았던 것이고, 그만큼 내가 나에게 소중한 존재였기 때문이 아닐까?

나를 사랑하는 가족과 나를 사랑하는 내 자신이 있으니 이젠 좀 더 편안해지면 좋겠다.

큰 우울증을 마주하느라 힘들었을 것 같아. 민폐라고 생각할 필요 없어. 너라는 존재 자체만으로 가족들에게 큰 힘이 되거든. 너에게 가족이 있다는 건 참 감사한 일이야. 힘이 들면 나에게 기대도 돼. 앞이 보이지 않는다면 지금 네가 할 수 있는 일을 해 보는 게 어때? 아주 작은 일이면 더 좋아. 내 가까이에서 찾아보면 좋겠어. 내가 옆에 있어 줄게.

05 죽고 싶은 날짜

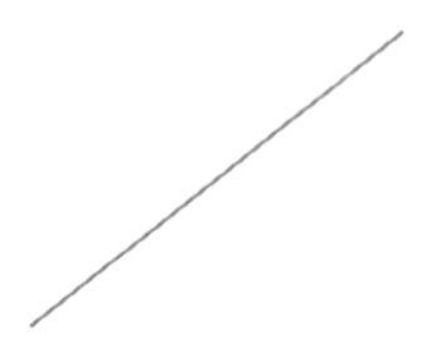

여행 유튜버를 할 때 죽고 싶은 생각은 없었다. 힘들었지만 즐겁게 일했다. 필리핀 마닐라 북부 여행을 하던 중이었다. 산후안 비치라는 곳에 서핑을 즐길 수 있는 해변이 있었다. 나는 서퍼를 찾아 서핑보드를 빌렸다. 예전에 시아르가오섬에서 서핑을 배웠던 터라 자연스럽게 타나 싶었다. 그런데 물도 계속 먹고 중심도 제대로 못 잡아 떨어지기 일쑤였다. 그날 오후, 비가 내렸다. 태풍 영향을 받을 정도의 비였으니 유튜브 촬영이 쉽지 않았다. 우산을 쓰고 촬영하는데 전에 만났던 서퍼들이 천막에서 밥을 먹고 있었다. 그냥 지나치려는데 배고프지 않냐고, 괜찮으면 같이 먹고 가라고 말했다. 필리핀 사람들은 한국 사람처럼 정이 많다. 그들의 순수한 마음을 거절할 수 없어서 함께 식사 자리에 둘러앉았다.

"안녕. 나는 보니타야! 내가 하는 일은 유튜버야! 반가워!"

소개가 끝나자 사람들이 나를 반겨주었다. 내 소개 한마디에 그들 사이에서 슈퍼스타가 된 것 같았다. 온몸으로 카타르시스가 느껴졌다. 유튜버라는 직업을 처음으로 매력적인 일이라 생각했다. 직업으로 인해 내가 살아 있음을 느꼈다. 크리스피 파타(돼지 족발 튀긴 것), 룸피아(우리식 만두) 등. 필리핀 전통 음식을 나눠주었다. 기꺼이 음식을 나누어주는 모습이 고마웠다. 우리는 한참 동안 서핑에 관해 이야기를 했다.

그러나 시간이 지나면서 구독자가 늘지 않자 힘이 빠졌다. 의욕은 줄어들고, 심한 우울증에 빠졌다. 죽고 싶을 만큼 살기 싫었다. 2019년 10월 20일부터 1년 동안 시한부 인생이라 결정을 했다. 몸은 멀쩡했지만, 마음은 만신창이가 되었던 그날을 잊을 수 없다. 살기 싫은 내 모습은 처참했다. 냄새나는 옷, 감지 않은 머리, 씻지 않은 몸, 닦지 않은 이, 누구라도 나를 보면 도망갈 것 같았다. 1년이라는 시간이 내 인생을 바꿀 수 있는 충분한 시간이라 생각했다. 극단적인 선택도 필요했다. 죽고 싶은 날짜도 누구나 생각하는 줄 알았다. 우울증, 그 누구도 이해하지 못

할 것 같았다. 죽고 싶은 생각이 결국은 죽고 싶은 날짜도 생각하게 만들었다.

아침에 남편과 은찬이가 나가고 나면 나는 곧바로 침대에 누워 잠 속으로 빠져들어 갔다. 그러면 자는 동안은 힘든 일을 잠시나마 잊을 수 있었다. 이렇게 자다가 그냥 일어나지 않았으면 좋겠다고 생각할 때도 있었다. 잠은 힘든 현실을 살아가고 있는 나에게 일종의 도피처 같은 것이었다.

경제적인 어려움이 내 마음을 옥죄어왔다. 솔직히 그곳에서 남편 혼자 일해서 월세를 내며 살기란 버거운 일이었다. 모든 정황으로 봤을 때 내가 일을 해야만 하는 상황이었다. 그런데 내가 아직도 일을 못 하다니...... 자괴감이 들었다. 또다시 죽고 싶은 생각이 밀려왔다. 이 몸, 가족에 도움이 되지 않는데 살아야 할 이유를 몰랐다.

이미 부정적인 생각이 들어왔기 때문에 아무도 없는 텅 빈 집에서 내가 할 수 있는 건 지금 빨리 죽어버리는 거였다. 집안에 보이는 것들이, 죽음을 생각하는 나에겐 다 위험한 물건이었다. 왜 나는 살아야 하는 걸까? 내가 이 세상에서 필요한 존재이기는 할까? 나 스스로에게 정당한 답을 할 수가 없다면 변명이라도 했어야 했는데 마땅한 변명거리도 떠오르지 않았다. 이런저런 다양한 생각들이 나를 더 미치게 했다. 화장실에 주저앉았다. 화장실 바닥 물이 묻어 엉덩이가 차가웠다. 세상이 차갑게 느껴졌다. 내가 나를 죽이고 있다. 죽어야 하는데 살까 봐 무서웠다. 그런데 사람의 목숨이 그렇게 쉽게 끊어지는 것이 아니었다.

이쯤 되면 의문이 든다. 진짜 죽고 싶은 게 맞는 걸까? 살고 싶어서 발악하는 거라면 나는 어떻게 해야 될까? 정신과 의사 선생님이 이렇게 말했다.

"요즘도 죽고 싶은 생각 하나요?"

"네."

"너무 위험해요. 밤이나 새벽에 죽고 싶을 때 자살 예방 센터(1393)에 전화해 보세요."

"이게 도움이 되나요?"

"네! 최소한 그 순간은 넘길 수 있으니까요!"

많이 아팠지? 미안해. 너를 지켜주지 못했어. 1년 동안 시한부 생활이라고 생각했다니 마음이 아프다. 그렇지만 죽고 싶을 만큼 잘 살고 싶은 것도 너의 마음이란 거 알아. 너는 잘 살아낼 수 있을 거야. 너는 소중하고 유능해. 너는 죽기엔 정말 아까운 사람이야. 가족에게 네가 꼭 필요해. 모두들 너를 응원하고 있어. 내가 도와주고 싶어. 끝까지 내 손 놓지 마. 나는 네가 필요해.

06 속마음을 털어 놓다

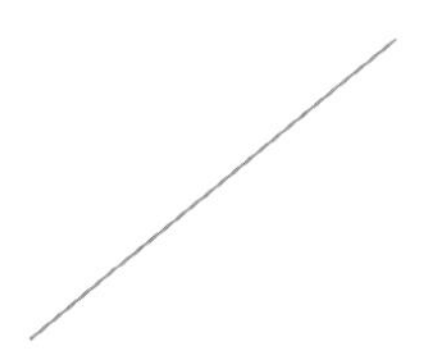

선생님: 안녕하세요. 지난 2주치 약은 다 드셨나요?

나: 네. 약 다 잘 챙겨 먹었어요.

선생님: 그러면 지난 이주 간 어떠셨어요?

나: 많은 일들이 있었는데요. 제가 전에 대인관계와 일을 할 수 없다는 것이 가장 힘들다고 했었잖아요. 그런데 2015년에 소품 가게를 하려고 많은 소품을 산 적이 있었어요. 준비만 했던 터라 재고가 많이 쌓여 있어서 중고로 팔려고 알아보고 있었어요. 요즘에 중고나라 대신 당근마켓이 뜨고 있어요. 직거래하면 어쨌든 사람을 만

날 수밖에 없는데, 그 과정에서 조금은 생각이 변화되었어요. 한국 사람은 간섭이 많고 오지랖이 넓다는 편협한 시선과 편견이 깨졌어요. 직거래를 수십 번 하면서 오히려 좋은 물건을 싸게 주었다고 돈을 더 얹어서 준 사람도 있고, 거래를 계기로 친해진 언니도 생겼어요. 물론 예의 없는 사람도 있었지만 요즘에는 이런저런 사람도 있다는 생각으로 서서히 바뀌고 있어요.

선생님: 음. 그런 면에서는 긍정적이네요.

나: 네. 왜 이렇게 갑자기 생각이 바뀌었을까? 꾸준한 약복용 때문일까? 생각해 보았는데요. 그냥 제 생각에는 직접적인 경험을 해봐서 그런 것 같아요. 또, 제가 대체 무슨 일을 해야 될지 모르겠어요. 저번에도 말했듯이 경제 사정이 좋지 않기 때문에 하고 싶은 것을 다 할 수 없을 때 기분이 좋지 않고 우울했던 것 같아요. 무엇을 하고는 싶은데 그게 대체 무엇인지를 잘 모르겠어요. 영영 못 찾을까 봐 두렵고, 무섭고, 답답하고, 힘들고, 괴로워요.

선생님: 선생님: 지금 상황에서 두렵고, 무섭고, 뭘 하고 싶은지 모르겠고 못 찾겠다고 말했는데 사실 당연해요. 인생에 정답이 있는 게 아니라 만들어가는 거기 때문에 제 생각에는 지은 씨가 이런저런 경험을 하다 보면 어느 정도 윤곽이 그려지지 않을까 싶어요. 사람도 만나고, 당근마켓도 하고, 그러면서 내가 무엇을 하면 좋은지에 대한 그림들이 그려지니까요. 예를 들어 의대 진학을 하면 의사가 되는 거죠. 그려진 밑그림에 색칠을 하는 거잖아요. 근데 그게 아닌, 대부분은 내가 무엇을 하는 게 맞는지 모른 채로 살아가요. 지은 씨가 우울할 때는 모든 것들이 부정적으로 인식이 돼요. 나 스스로에 대한 신뢰도 없고, 내가 뭘 할 수 있을까? 왜 나는 능력이 없고, 남들보다 떨어질까? 이렇게 생각했을 가능성이 커요. 구름이 좀 걷히면 상황을 정확히 볼 수 있어요. 지금 부정적인 생각들이 조금씩 바뀌는 것처럼, '나' 라는 사람의 장점도 보일 거예요. 하지만 이런 부분들은 시간이 좀 걸려요.

나: 네. 맞아요. 약은 졸려서 낮에 생활하기가 조금 힘들

어요.

선생님: 낮에 졸리지 않게 생활할 수 있도록 아침 약 조절을 좀 할게요.

나: 네. 감사합니다. 선생님. 제 이야기 들어주셔서 감사합니다.

속마음을 의사 선생님께 털어놓는 게 쉽지 않지? 그래도 잘했어. '나'에 대해 조금 더 알아가는 건 어떨까? 선생님 말씀처럼 새로운 분야에 능력이 있을 수도 있잖아. 믿고 한번 자신감을 가져봐.

07 우울증의 원인

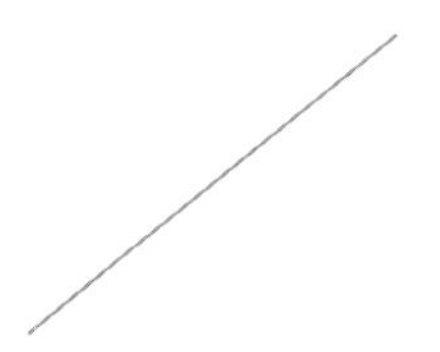

2019년 11월. 심리상담센터에 방문했다. 가족과 방문해, 나의 우울증에 대한 이유를 알 수 있었다. 나의 우울증 원인은 다양했고, 상담 시간은 한 시간가량 진행되었다. 상담 내용은 나의 부모님에 대한 이야기들로 질문을 하였으며, 내가 대답하면 상담사가 그에 따른 상담을 해주는 식으로 진행되었다.

나의 우울증의 가장 첫 시작은 '두려움'이었다.

보통은 아버지가 어른이 되어서까지 무섭지 않아요. 왜 그럴까요? 대화를 하기 때문이에요. 부모님은 나이가 들면 힘이 약해지죠. 반면 나는 성인이 되면서 힘도 생기고 이해도가 생기다 보니, 시간이 지나면서 부모가 무섭지 않아요. 그리고 아무리 무서워도 소통은 하죠. 소통하게 되면 '아, 우리 부모님은 이런 사람이구나!' 하고 알게 되는데 소통이 단절되니 문제가 되는 거예요. '두려움'의 문제가 부모님으로부터 시작해서 지금까지 해결되지 않은 겁니다.

나의 성장 과정에는 자존감이 형성되지 않았다.

'불안'과 '두려움'으로 우울증이 시작되면 자존감이 만들어지지 않아요. 어릴 때의 자존감은 부모가 자녀에게 스킨십도 해주고 정서적으로 지지해 주고, 안정된 분위기 속에서 만들어져요. 자존감은 내적인 힘이라 어릴 때부터 형성되어야 힘든 부분도 이겨내는데, 이 부분이 아직까지 만들어지지 않았어요.
사실, 지은 씨가 욕심이 없었다면 우울증도 없고 그럭저럭 살았을 거예요. 그런데 10대까지는 무언가 하고 싶은 욕심이 있었지만 매번 좌절되고, 부모님께 표현조차 못 하게 된 것이 가장 큰 문제라고 할 수 있습니다. 보통의 자녀들은 부모님께 무엇을 원한다고 이야기를 합니다. '나 이거 해줘.' 또는 '나 이런 것 같아.' 등 자신이 하고 싶은 말을 하면서 그때그때 풀거든요. 근데 지은 씨는 하고 싶은 말이 목구멍까지 나왔다 다시 들어가요. 이렇게 되면 억압돼요. 억압은 꼬이고 꼬여서 분노로 변질이 되죠.

어릴 때 부모와 관계가 풀리지 않으면 성인이 되어서도 인간관계가 풀리지 않는다.

지은 씨가 10대까지 참은 건 '돈이 없어서' 였는데 성인이 되면서 드디어 '돈' 이 생기기 시작해요. 그런데 돈은 생겼는데 어떻게 살아야 하는지 잘 모르는 거예요. 여전히 불안, 두려움, 낮은 자존감 같은 문제가 있다 보니 일도 잘 안 풀리고, 35년 동안 쭉 이렇게 사니까 우울증이 온 겁니다. 불안과 두려움의 상황을 마주할 때 자존감이 없고, 문제를 직면할 에너지도 없으니 자꾸 뒤로 물러나게 돼요. 이렇게 되면 성장이 일어날 수 없습니다. 왜냐하면 소통하면서 상처받기도 하고, 위로받는 과정이 필요한 것인데 그러지 못했으니까요. 서른다섯쯤 되면 그 나이에 맞는 성숙도가 있는데, 문제 상황을 계속 피해버리는 바람에 나이와는 정반대로 가는 것처럼 느껴졌을 겁니다.

다시 한번 말하지만, 욕심이 많지 않으면 힘들지도 않아요. 근데 지은 씨는 자아가 강해서 무언가를 이루고 살아야 되는 유형입니다. 이루고 산다는 건 뭘까요? 무언가를 이룬다는 건 현실에 부딪힌다는 이야기입니다. 좌절, 성취, 행복, 즐거움을 다 맛보면서 성장했어야 하는데 그게 안 되었어요. 사실, 분노에 대한 원망은 부모님께 갈 수 있어요. 하지만 아버지한테는 차마 무서워서 원망도 못 하고, 어머니한테 더 많이 가게 되곤 해요. 그러나 제일 화나는 건 자기 자신에 대해서예요. 그러다 보니 자신에 대한 분노가 자살 시도와 자해 시도로 나타나게 되는 겁니다.
현실에 접촉된 행복이라는 게 있어요. 좌절하더라도, 현실감 있게 좌절했을 때의 고통은 내적 힘이 돼요. 지은 씨 같은 경우는 현실에 접촉된 행복감을 느끼지 못하고 망상으로 만들어진 고통과 즐거움, 그리고 편안함이 많이 온 거죠. 그래서 어릴 때 부모와 인간관계가 안 풀리면 학교에서의 대인관계가 안 풀려요. 이건 결국 같은 문제라고 할 수 있습니다.

삶이 너무 고통스러워서 버티기 위해 망상, 환청, 환시로 인격체를 만든다.

망상이 얼마나 심한지가 관건인데, 생각이 보이면 결국은 한 인격체를 만들어요. 현재는 망상이다, 아니다, 이건 구분하시는 거잖아요. 여기서 더 가게 되면 구분이 안 돼요. 왜냐면 진짜처럼 느껴지거든요. 환청, 환시가 본인한테만 보이고 들리는 건데 지금은 구분이 되지만, 진짜 같아서 구분이 안 되는 게 마지막 단계인 '조현증'이에요. 구분을 못 해버리면 현실감이 떨어지는 거라서 현실감 있는 자아를 잡고 있을 때 빨리 심리치료를 해야 돼요. 지은 씨는 그만큼 고통스러웠던 삶을 버티고 살았다는 거예요.

나의 우울증은 종합적인 이유로 왔다.

우울증의 원인은 다양한데 지은 씨는 종합적으로 다 있는 것 같아요. 아까 중요한 말도 했는데 '나에게 관심을 줬다면 이렇게 되지 않았다.'라는 말을 했었죠? 그 시작은 아주 간단해요. 내가 얼마나 욕심 있는 사람이며, 무언가를 원하고 있는 아이인지 알아줬으면 하는 바람이 있었던 거예요. 어머님은 나름대로 챙겨준다고 하셨지만, 너무 일방적인 관계를 맺으려 하셨지요. 어릴 때 소통을 했다면 지은 씨는 더 많이 발전되었을 거예요. 욕심이 많은 아이였으니까. 어머니의 일방적인 소통에 대한 나름의 이유가 있었을 거예요. 제가 봤을 때는 일부러 비틀어져 나간 것도 있지 않았나 생각되는데, 그런 게 좀 있어요?

"어떤 비틀어진......?"

"안 해버리는 거?"

어머니가 원하는 것을, 겉으로는 수긍하지만, 솔직히 하고 싶지 않았던 게 있을 것 같아요. 근데 안 하면 안 되겠고, 하는 척만 하는 거예요.

"아, 그게 공부였어요."

하는 척한다는 것은 사회적 가면을 쓴다는 의미예요. 얼굴에 평생 가면을 쓰고 있으면 가면이 두꺼워져서 자신을 오픈하지 못한 채 피상적인 관계만 하게 되는 거예요. 그런데 또 이 부분이 폐쇄성이 있어서, 생각이 안에서 돌다 보면 이것만으로도 우울증이 걸릴 수 있습니다. 다 떠나서, 어릴 때부터 분노가 많아, 처리되지 않은 것만으로도 우울증이 생길 수 있어요. 우울증은 원하는 무언가가 있는데, 그게 안 돼서 오는 거잖아요? 이루고 싶은 꿈 말고도 평상시 자기가 표현하는 모든 것들을 말하는 겁니다. 본인이 말하고 싶은 것, 알리고 싶은 것, 듣고 싶은 것, 이런 것이 제대로 표현되지 못할 때 우울증이 걸려요. 이게 잘 풀려야 현실적인 부분에 집중할 수 있는데 이런 감정이 적절하게 해소되지 못한 상태인 거죠. 결국, 사랑이나 인정을 받고 싶은 욕구가 채워지지 못한 데서 오는 문제들입니다.

우울증 치료의 첫 시작은 나의 고통을 부모님께
알리는 것이다.

지은 씨가 어제 가족들에게 알린 것은 잘하신 겁니다. 드디어 현실로 나올 준비를 한 것이고, 그게 안 되면 오히려 힘들어져요. 한편으로는 잘한 건데 너무 끝까지 간 거라서 본인이 정신차리지 않으면 안 돼요. 지은 씨는 어릴 때부터 극단적인 시도가 많았어요. 그래도 욕심이 많아서 그런 일이 일어나지 않은 것은 잘 된 거예요.

지금까지 꼭꼭 숨겨만 왔었는데 내 힘든 과거를 말할 수 있어서 좋았어. 결국은 가족에게 털어놓아야 하는 부분인 거니까 그만큼 나 자신이 성장한 거라 생각해.

가면을 쓰고 생활하는 것은 힘들었지? 아무도 너를 이해해 주지 못할 거라 생각했을 거야. 그럴 때는 많은 생각들을 세세하게 설명하기 힘들지. 그냥 편한 것이 가면을 쓰는 것일 수 있어. 문제는 그 가면이 굳어버려서 나중에 가면을 쓴 네가 진짜 너인 것처럼 오해하게 되는 상황이야. 너는 그냥 너답게 살면 돼. 그게 제일 건강한 모습 아닐까. 인생에 정답은 없는 거니까 말이야.

08 선생님 입원하고 싶어요

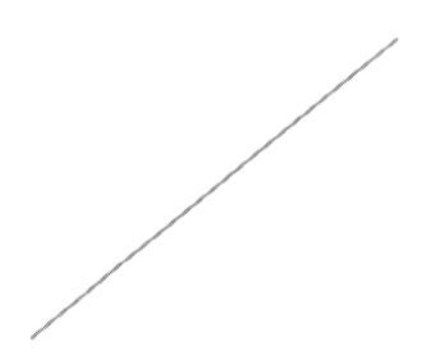

마음이 지치고 힘들면 쉬어 갈 곳도 필요하다. 폐쇄병동을 먼저 이야기한 건 나였다. 죽고 싶은 생각이 끊임없이 나고, 극단적인 선택을 계속 시도하기 때문에 스스로도 위험하다고 생각했다. 선생님을 만나러 가면서는 선생님이 뭐라고 답해줄지 궁금했다.

나: 안녕하세요.

선생님: 네. 저번 주는 어떠셨나요?

나: 폐쇄병동에 입원하고 싶다는 생각이 들었어요.

선생님: 요즘에도 죽고 싶은 생각이 드나요?

나: 네. 그냥 죽으면 편할 것 같아요.

선생님: 그렇다면 입원을 고려해 보는 것도 괜찮은 방법이네

요. 요즘 지은 씨가 위태롭고 위험해 보여요. 입원하게 되면 제가 추천해 드리는 곳으로 가면 될 것 같습니다.

막상 선생님께 입원 이야기를 들으니까 마음이 싱숭생숭했다. 미세하게 지나가는 내 감정들. 많은 절차들이 있을 줄 알았는데 이렇게 쉽게 정신과 폐쇄병동에 들어갈 수 있다는 것이 살짝 당황스러웠다. 한편으로는 말로만 듣던 폐쇄병동에 가는 것이 무섭게 다가왔다. 하지만 그런 선택을 했던 이유는 죽기 위해서가 아니라 살기 위해서였다. 잘 살아 보고 싶었기 때문에 용기를 내야 했다. 절박한 위기 앞에서 나는 다른 사람의 시선을 신경쓰는 대신 내 몸의 안전과 마음의 치료를 위해 마음을 좀 더 다잡았다. 내가 나를 이대로 놔두면 안 좋은 일들이 생길 것 같은 불안감 때문에라도 입원을 해야 할 것 같았다. 그리고 남편과 은찬이를 위해서라도 빨리 낫고 싶었다. 나를 몰아가지 않고 이젠 나에게 집중하면서 치료를 하고 싶었다. 병원에서는 그게 가능할 것이라 기대되었다.
다른 사람들은 잘 사는 것 같은데, 나만 바닥을 칠 수는 없었다. 이 와중에 또 비교를 하고 있다니...... 부정적인 생각은 사람을 피폐하게 만든다. 폐인으로 만들기도 하고, 사람답지 않게 만들기도 한다. 건강한 사람에게 부정적인 생각이 찾아오면 떨쳐버릴 수 있지만, 우울증으로 마음이 약한 상태에서 부정적인 생각이 들어오면 쉽게 떨쳐버리지를 못한다. 그건 이미 내 의지 밖이다. 그땐 마음이 힘들어진다.

집에 도착해서 부모님께 이 사실을 알렸다. 반응이 미지근하다. 주눅이 든다. 내가 먼저 폐쇄병동을 말했기 때문에 병원만 알아보고 가면 되는 상황이었다. 비용은 사람마다, 병원마다 다 다르다. 한 달 입원비가 70만 원인 병원에 입원하기로 했다.

내가 첫날 들어온 곳은 아주 작은 독방이었다. 병실에 가기 전에 독방에 먼저 들어온 이유는 코로나 검사 때문이었다. 결과가 음성으로 나와야 했다. 2020년 11월 14일 오전 10시에 들어가서 다음날 오전 10시까지 꼬박, 24시간을 혼자서 독방에 있어야 했다. 그렇게 시작된 나의 첫 독방 생활에 몸과 마음이 긴장되었다. 그 이유는 독방에 처음 들어왔을 때 내 눈에 보이는 것들 때문이었다. 청테이프가 붙여진 침대와 그 위에 있는 이불과 배게, 그리고 침대 옆에 있는 소변기였다. 전기 스위치가 없다는 것이 신기했다.

내가 원해서 들어온 것이지만, 한 달 동안은 창살 없는 감옥살이를 해야 했다. 병원 안에서 들려오는 시끄러운 소리, 사람들의 말소리, 이 모든 소리는 나로 하여금 좋지 않은 상상을 하게 했다. 처음 정신병원 폐쇄병동에 들어오면서 독방에 들어가기까지 어떤 환우 두 사람과 눈이 마주쳤는데 눈에 초점이 없이 흐리고 걸음걸이도 느려서, TV에서 보는 것과 같이 정신이 완전히 미쳐있는 사람만 있는 줄만 알았다. 내 편견이 또 다른 불안을 만들어 내고 있었다.

내 손에는 책 한 권이 들려있었다. 폐쇄병동에 오기 전에 메일로 김명훈 작가님이 책 한 권을 보내셨다. 『지금 감은 두 눈이 다시는 떠지지 않기를』이라는 책이었다. 우울증이라는, 나와 같은 병을 앓고 있는 작가의 소설을 끝까지 다 읽고 싶은 마음에 책을 가져왔다. 폐쇄병동의 생활은 시간이 많다는 정보를 먼저 알았기에 책 몇 권을 준비해 갔다.

내가 독방에서 할 수 있는 것은 책 읽기, 밥 먹기, 약 먹기, 잠자기였다. 시계도 없는 독방에서 시간이 얼마나 지났을까? 이 어색하지 않은 느낌은 무엇일까? 매일 혼자 집에서 지내서 그런 것일까? 아니면 말레이시아에서 락다운 3개월 생활을 해서 그런 것일까? 그래서 24시간은 잘 지낼 수 있을 거로 생각했다. 앞으로 병원 생활은 어떻게 펼쳐질지 궁금했다.

지금 생각하면 그때 용기를 내길 잘한 것 같아. 그랬기 때문에 더 살려고 노력하게 되었으니까. 폐쇄병동에서의 경험으로 다시 살고 싶어졌지. 희망이 없을 것만 같았는데, 아니었어. 오히려 그곳에서 나는 많은 희망을 품게 되었어. 정말 마음이 힘들어 감당할 수 없을 만큼 아플 때는 입원을 생각해 보는 것도 좋은 것 같아. 남의 눈을 의식하지 않고 나에게 집중할 수 있는 시간과 공간을 확보할 수 있어 좋았어. 덕분에 죽고 싶은 생각의 횟수가 확연히 줄어들었어. 지금은 살고 싶어. 고마워, 늘 응원해 줘서.

〈 제 4 장 〉

죽고 싶지만 치킨은 먹고 싶어

01 살고 싶다 살고 싶다

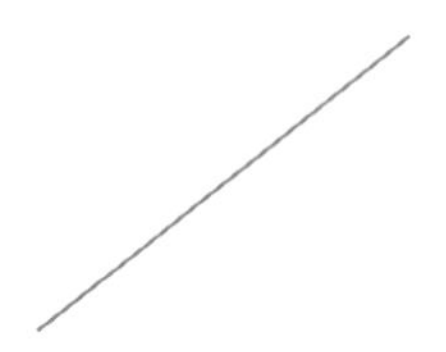

살고 싶을 땐 살고 싶었고, 죽고 싶을 땐 죽고 싶었다. 죽음에 관한 마음은 알 수가 없다. 언제 가장 살고 싶었을까? 2020년 12월 31일, 지난 한 해를 돌아보니 우여곡절이 많았던 한 해였다. 그래도 내가 살아낼 수 있었던 이유는 마음에서 일어나는 모든 감정들을 블로그에 표현할 수 있었기 때문이다. 새해가 시작되던 1월 1일, 블로그를 시작했다. 별 기대 없이 시작한 일이었는데, 1년 동안 나를 응원하는 팬들이 생겼다.

우울증 일기에는 유서도 있었고, 부모님에 대한 이야기도 있고, 죽고 싶다는 이야기도 있었다. 온통 어두운 글들뿐이어서 '이런 글을 누가 읽어줄까? 나의 이야기에는 아무도 관심이 없을 거야.' 하는 생각도 들었다. 그러나 애초에 나는 누군가에게 보여주기 위해 블로그를 시작하려던 것은 아니었다. 어느 누구의 시선을 의식하는 것을 떠나, 나의 감정을 표현하는 것이 목적이었기에 그때그때 변화되는 나의 기분을 표현하기 시작했다.

2020년 10월 28일

나는 내가 지금이라도 죽었으면 좋겠다.
내 자살 계획은 실패했지만 다시 날짜를 잡았다.

내 머릿속에는 온통 칼로 나를 찌르는 상상,
목을 실컷 메는 상상을 하고 있다.

행동으로는 화장실을 갔다 나오기를 반복한다.
나는 이제 나를 통제할 수 없다.

아주 시원하게 자해라도 하고 싶다.
뭔가 충동적인 것이 필요하다.

마음이 아프다. 울고 싶다.

죽음을 맞이하며 울고 싶다.

길가다가 차에 치어 죽었으면 좋겠다.

차를 타고 가는데 교통사고로 죽었으면 좋겠다.

나는 이 세상 사람이 아니였으면 좋겠다.

자살기도를 몇 시간째 하고 있다.

죽고 싶다. 제발.

– 헤바 블로그 –

이 글을 읽은 독자들은 다소 불편할 수 있다고 생각이 들 수 있다. 하지만 홍보도 하지 않은 내 블로그에 찾아와주는 이들이 생겨났다. 나의 부족한 글을 읽어주고 댓글로 공감해 주고 응원해 주는 독자가 생긴 것이 신기했다. 여러 댓글의 내용을 보여주려 한다.

RE : 매 순간 다른 사람한테 폐 끼치지 않고 죽을 생각을 했겠죠. 아쉽게도 그런 방법은 없어요. 그때 정말 몹쓸 선택을 했다면 여러 사람 인생 망가뜨릴 뻔한 아찔한 기억이네요. 제가 한참 그랬을때, 가족이 밖으로 끌어내서 무조건 산으로 들로 다녔어요 .이건 다른 사람의 도움이 필요합니다. 도움을 구하세요. 제가 곁에 있다면 산책이라도 같이 해드리고 싶은데 참... 헤바님을 위해 지금 기도합니다. 그 사실을 꼭 잊지 않고 기억해 주세요.

RE : 아니에요... 헤바님은 너무 소중한 사람인걸요. 상담 선생님께서 알려주셨어요. '한 사람의 자살로 48명에게 영향을 끼친다.' 만약 헤바님이 죽으면 가족분들도 헤바님이 떠나질 않길 바라는 블로그 분들도 그리고 저도 엄청 힘들 것 같아요. 믿어지지가 않겠죠. 한 번만 다시 생각해봤으면 좋겠어요. 헤바님은 충분히 행복해도 되는 사람이니까.

RE : 전 극단적인 시도는 안 했지만... 백 번 그 마음 이해합니다. 종종 들어요. 그런 생각. 가까이 있으면 도와드리고 싶네요. 요즘은 부정적인 생각을 인정하면 어떨까 생각해봤어요. 그래, 죽고 싶구나. 꼼짝도 하기 싫구나. 전 우울증 약을 먹고 있는데 문득 오늘 새벽에 약을 먹지 않은게 생각났어요. 그러곤 불안감에 휩싸였어요. 근데 두 번째라 또 괜찮더라구요. 뭔가 도움을 드리고 싶은데 조심스럽기도 하네요. 죽고 싶은 사람 또 있다고 알려드리고 싶어요. 사고사처럼 멋진 죽음도 없다고 저도 생각해요. 그냥 이런 생각을 인정해봐요 우리.

RE : 잘 살고 싶다는 말로 들려요. 불안해하지 마세요. 나만 왜 그럴까 생각 마세요. 같은 아픔을 겪는 사람이 있다는 사실에 안심하세요. 숨 크게 들이쉬고 맘껏 우세요. 물도 한 모금 마셔보구요. 걸을 때 왼발 오른발 걸음에 집중하구요. 요즘 날씨가 쌀쌀하지만 선선해서 좋아요. 파란 하늘 볼 수 있음에 감사하구요. 내 상태를 인정하고 살고 싶다는 생각 더 해봅시다. 맘껏 우세요. 정말 맘껏.

RE : 살면서 이런 댓글 처음 달아봐요. 검색하다가 들어와서 우연히 헤바님 일기를 읽게 되었습니다. 저도 소중한 사람이 저를 힘들어하고 제 곁에서 도망가버리고 나니 지푸라기라도 잡는 심정으로 헤바님 글을 읽으며 상대방의 힘듦을 알 수 있었고, 몇 날 며칠을 울며 생각 했던 거 같아요. 헤바님은 누군가에게 정말 소중한 사람이에요.

만약 나의 이야기를 선입견 없이 들어주었던 이들이 없었다면 삶은 더 쓸쓸했을지도 모른다. 비록 온라인이지만 기꺼이 나의 이웃이 되어주고, 응원해 준 이들에게 항상 고마운 마음이다.

나는 그냥 나의 모습을 그대로 드러내며 나의 이야기를 했다. 온라인상에서까지 가면을 쓰고 싶지 않았다. 무엇보다도 남에게 보여주기 위한 블로그는 아니었기에...... 나는 그저 내 안에 있는 어린 나를 만나고 싶었고, 그 아이와 미처 나누지 못한 이야기를 나누고 싶었는지 모른다. 나는 지금 현재, 힘겹게 우울증과 싸우고 있는 나를 편안하게 만들어주고 싶었다. 이제 싸우지 않아도 된다고, 아픈 마음을 받아들이고 인정하면 더 편안해질 거라고 말해주고 싶었다. 이런 나의 마음이 누군가에게 가서 닿았는지 많은 분들이 공감해 주어 고마울 뿐이다.

나처럼 마음이 아픈 사람들이 많다는 사실은 어느 정도 나를 안정되게 만들었다. 그들이 마음의 병을 앓고 있지 않더라도, 공감해 주는 것만으로도 큰 힘이 되었다. 내가 나의 감정을 꾸미지 않고 표현했을 뿐인데, 그 행동 자체가 힘든 감정을 속으로 삭이지 않고 해소할 수 있게 해주었다. 우울증 환우들의 고민이 자신의 감정을 표현할 곳이 없어 힘든 것인데, 글을 써서 표현하는 것이 내게는 슬픔과 우울감 같은 부정적인 감정을 흘려보내는 통로가 되어주었다.

사람마다 기질이 다르니 이런 감정을 해소하는 방법들은 각자 다를 수 있다고 본다. 어떤 사람은 쇼핑을 하거나, 어떤 사람은 수다를 떨어야 해소되고, 또 어떤 사람은 슬픈 드라마나 영화를 보면서 소리 내어 엉엉 울고 나면 괜찮아지는 사람도 있다. 또는 산책을 하거나 좋아하는 운동을 하면서 부정적인 감정을 날려 보낼 수도 있을 것이다. 이처럼 각자에게 맞는 감정을 해소할 수 있는 방법을 찾아 실천해 보면 좋겠다.

이때 중요한 것은 나에게 집중하는 것이다. 그동안 나의 감정에 소홀했기 때문에 많은 문제들이 생겨났었다. 이 글을 읽는 독자들도 자신에게 집중하고 자신의 상태를 살피면서 감정을 표현할 수 있는 자기만의 통로를 찾을 수 있길 바란다.

《나는 이제 마음 편히 살기로 했다》(가바사와 시온. 북라이프. 2021.03.30)라는 책에 이런 내용이 있다.

"외로움이 건강에 미치는 위험은 하루에 담배를 15개비씩 피우는 것과 비슷하다. 고독한 사람의 사망률은 비만한 사람의 사망률 보다 두 배 높다. 이처럼 고독은 우리의 몸과 마음을 좀먹는다. 정기적으로 만나서 수다 떨 사람만 있어도 건강하게 오래 살 수 있다. 친구는 한 명이어도 충분하다."

현대인의 마음의 병은 어쩌면 외로움에서 오는 것인지도 모르겠다. 내가 어린 시절 그렇게 힘들었던 것도 나에게 진심으로 관심을 가져주거나 나의 이야기에 귀 기울여주는 사람이 없었기 때문이었다. 혼자 그 많은 아픔을 속으로 삭여야 했기 때문에 병이 시작된 것 같다. 세상에 나 혼자 뿐인 것 같은 외로움은 늘 나와 함께 있었다. 사랑하는 사람들과의 '관계' 속에서 적절하게 나를 표현할 수 있고, 나의 의견이 받아들여지는 환경에서 자랐다면 이렇게 힘든 상황은 되지 않았을 것이다. 내 안에 많은 감정들이 아직도 남아 있지만, 이젠 조금씩 마음을 열고 싶다. 내가 나에게, 그리고 내가 사랑하는 누군가에게, 그리고 내가 알지 못하는 곳에서 슬퍼하고 있는 누군가에게 말이다.

블로그를 하면서 마음의 상태가 많이 좋아진 것 같아 다행이야. 어두웠던 네가 지금 이렇게 예쁘게 살아 있다는 것이 어쩌면 누군가에겐 큰 힘이 될 것 같아. 글을 쓰면서 점점 나아지는 모습이 정말 보기 좋아. 같은 고민을 가지고 있는 사람들에게 도움이 되는 사람이 되면 좋겠어. 힘든 사람의 마음은 힘들어 본 사람이 아는 거니까. 어두운 마음도 내보이기를 결정한 너의 용기에 박수를 보내.

02 나와 마주하기

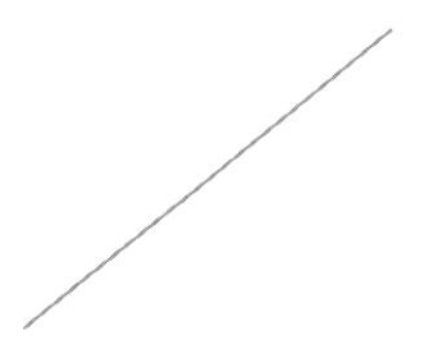

일상생활에서는 나만 우울증 환우지만, 폐쇄병동에서는 같은 마음을 공유하는 우울증 환우가 있었다. 서로의 첫 대화는 이러했다.

"뭐 때문에 들어오셨어요?"

"우울증이요."

"나도 우울증이에요."

나는 병실에서 이 한마디에 큰 위안을 얻었다. 같은 우울증이라는 것만으로 동질감과 안도감을 느꼈다. 동병상련이라는 말이 실감이 났다. 굳이 말이 없어도 눈빛만으로도 알 수 있었다. 이들이 있어, 말없이 서로에게 위로가 되어 주었기에 동고동락하면서 치유를 받았다. 마음이 더 아프다고 느껴지면 간호사에게 약을 처방받기도 했다.
죽고 싶었던 마음이 갑자기 사라지진 않았다. 시간이 지날수록 안개 걷히듯이 서서히 사라졌다. 다시 살아보고 싶은 마음이 들었다. 인생에서 제대로 산 적이 없었으니 지금부터라도 제대로 살아보고 싶었다. 오지은 인생에서 그래도 '이 정도면 잘 살아온 것 같다.' 라고 만족이 되는 삶이 되었으면 좋겠다고 생각했다. 긍정적인 생각이 떠오른 것이 얼마 만인가?

지금은 간혹 죽고 싶은 생각이 떠오르기는 해도 시도를 하고 싶지는 않다. 사는 것도 쉽지 않지만 죽는 것도 쉽지 않다는 것을 깨달았기 때문이다. 예전과 달라진 게 있다면 예전에는 우울의 감정이 찾아온 것을 받아들이지 못했지만, 현재는 우울의 감정을 받아들일 수 있게 되었다는 것이다. 2020년은 나를 감당할 수 없었던 해였다면, 2021년은 목표를 보고 달려가는 중이다. 목표가 생기니 다시 열정적으로 살고 싶어졌다. 한 치 앞도 내다볼 수 없는 것이 인생이기에, 나의 앞길 또한 어떻게 펼쳐질지는 아무도 모를 일이다. 그런데 그러나 지금 이 순간만큼은 나 자신에게 뜨거운 응원의 메시지를 보내주고 싶다. 지금까지 이렇게 버텨주어서 고맙다고, 살아있어 줘서 다행이라고 말이다.

생각해 보면, 미래를 알 수 없다는 것은 모든 인생에 공평하게 주어진 조건이다. 마치 모든 사람에게 하루 24시간이라는, 똑같은 시간이 주어지는 것처럼 말이다. 앞일을 알 수 없다는 것은 때론 절망스럽다. 나의 앞날을 볼 수 없기에 답답하고, 실패가 두려워 도전하기 어렵고, 그러다 보니 나의 삶이 제자리인 것 같고, 그런 나를 보며 절망하게 된다. 하지만 뒤집어서 생각해 보면 앞날은 정해져 있지 않기 때문에 나에게는 모든 가능성이 열려 있다. 아직 오지 않은 미래에 내가 무엇을 하게 될지, 누구를 만나게 될지 아무도 모른다. 이것이 참 희망적이지 않은가?

내가 책을 쓰고 작가가 되려는 목표를 가지게 될 거라는 사실을 예전에는 미처 몰랐다. 그러나 지금은 이렇게 나에게 목표가 생겼고 그 목표 때문에 설레고 있다. 그러니 앞날을 알 수 없다는 것 때문에 불안해하지 말자. 차라리 좋은 일이 생길 거라고 자신에게 주문을 걸어주는 편이 더 낫다. 내가 주문을 걸면 그 목소리를 내가 제일 먼저 듣게 되니까 내 생각도 더 긍정적으로 변할 것이다. 결국 절망과 희망은 종이 한 장 차이 같다는 사실을 깨닫게 된다.

한 번은, 가슴이 뛰기 시작하고 안절부절못했다. 불안이 왔다는 것을 스스로 알아차렸다. '내가 왜 불안해졌을까?' 생각해 보았다. 내면에서 '글은 매일 써야 해.' 라고 말하고 있었다. 매일 글을 쓰지 못한 것에 대한 자책이 불안으로 찾아왔다. 누워있던 몸을 일으켜 노트북을 꺼냈다. 책 쓰는데 무기력이 찾아온 걸까? 우울증이 나아지는 중이라고 생각했는데 한숨을 쉬고 있는 나를 보니 한심했다. 문득 '끌어당김의 법칙' 에 대해 이야기했던 이은대 작가의 말이 떠올랐다.

그래서 내 책에 대해 구체적으로 상상해 보았다. 교보문고에 내 책이 진열되어 있는 모습, 누군가 내 책을 읽는 모습, 또 사람들이 내 책을 사기 위해 결제하고 있는 모습을 떠올려보았다. 불안이 줄어들지는 않았지만, 숨이 멎을 것처럼 황홀했다. 심호흡을 깊게 하고 마음의 평온함을 찾고 싶었다. 잠시 쓰던 글을 멈추고 불안을 비우기 위해 1분간 명상을 했다. '아무 일도 아니야. 다 잘 될 거야.' 나 자신을 다독이며 스스로 응원을 보냈다. 잠시 후, 감사한 마음이 떠올랐다. 글을 쓸 수 있는 것, 작가가 된 것, 목표를 가진 것, 가족들에 내 옆에 있는 것 등등 감사한 것들이 하나둘 생각나니 한결 마음이 가벼워졌다.

불안과 우울증은 같이 나타나는 것 같다. 불안하면 사람이 위축되고 긴장된다. 가볍게 툭툭 어깨를 털고 불안을 잘 맞이해야만 우울증 파도에 서핑을 할 수 있다. 큰 파도를 타면서 작은 파도로 갈 수 있게 훈련을 하는 중이다. 힘들어도 과정을 즐기고 싶다. 과정 중에, 한 가지 변화는 알 수 있다. 예전의 우울증과 현재의 우울증이 달라진 것을 느낀다. 웃을 수 있는 에너지가 많이 생겼다는 것이 감사하다.

내가 도움을 받아야 할 때는, 용기를 내어 도움을 청하는 것도 삶의 지혜다. 사람은 혼자 사는 동물이 아니다. 그런 의미에서 가족은 나에게 큰 위안이다. 내가 살아갈 삶의 원동력이 된다. 가족이 있기에 내가 있는 것이다. 조울증으로 넘어가기 전에 가족에게 도움을 청한 것은 잘한 일이다. 가족에게 보답하는 일은 내가 잘살아주는 것. 평범하게 웃고 울고, 일상의 행복을 느끼며 살아가는 것이다.
마냥 불안했을 때는 가족이 안 보였는데, 이제는 남편과 은찬이가 보인다. 어쩌면 나라는 사람은 내가 생각했던 것보다 더 강한 사람일지도 모른다. 나약해서 아무것도 할 줄 모르는 사람이 될까 봐 두려웠다. 나는 생각보다 강한 사람이라는 것을 꾸준히 인지하면 꿈을 이루는 사람이 되어 있지 않을까? 프리랜서로서의 삶을 살 수 있는 변화의 순간들 말이다.

살고 싶은 마음이 생긴 것에 대해 나는 고맙게 생각해. 그동안 얼마나 힘들었니? 내 마음을 다스리는 게 얼마나 힘든지 오롯이 경험했지. 나는 그 힘든 것을 조금씩 이겨내고 있는 중이야. 좋은 날이 오리라는 것은 그저 막연한 나의 기대인 것만은 아닐 거야. 나는 일확천금을 꿈꾸고 있는 것이 아니잖아. 한 단계 한 단계, 조금씩 조금씩 나아지는 나를 발견하고 있기 때문이야. 많은 블로그 이웃들과 가족들이 나의 나아진 모습을 보며 응원해 주고 있어. 조바심하지 말고 지금까지 해왔던 대로 하루에 한 뼘씩만 더 나아지자.

03 매일 이렇게 어떻게 살아요?

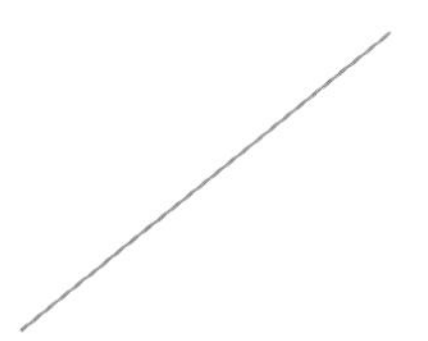

죽으려고 한 것은 쉽지 않은 결정이었다. 죽고 싶은 생각이 들면 언제, 어디서, 어떻게 죽어야 하는지 고민하기 시작한다. 처음에는 계획적인 자살을 생각하게 되지만 이 모든 것들이 다 결정되면 충동으로 이어지기도 한다. 그래서 극단적인 시도를 하게 되고 실패하면 또 시도하게 된다. 시도를 계속하게 되는 이유는 이미 자신이 죽어도 된다는 결심을 했기 때문이다. 왜 죽어야만 하는지는 그다지 중요하지 않다. 살기 싫고, 죽고 싶은 마음도 내가 느끼는 감정이다. 내가 느끼고 있는 감정을 공감받지 못하는 것만큼 비참한 일은 없다.

이 글을 쓰는 이유는, 자살 시도자가 자신의 주변에 있다면 한 번쯤은 그들의 시선에서 바라봐 주길 바라는 마음에서다. 나는 매일 혼자서 우울증으로 삶과 죽음을 오가며 하루를 산다. 남편은 매일 혼자서 가장으로서의 짐을 지고 하루를 산다. 같은 하루를 살아도 나는 과거를 살고, 남편은 현재를 살아간다. 부부가 서로 각자 다른 방향을 보며 살면 부딪치게 된다. 특히 자살 시도자에게는 언제든지 자살 충동이 일어날 가능성이 있어서 '심리적 안전기지' 가 필요하다. 심리적 안전기지는 심리학 용어로, 마음이 힘들 때 속마음을 털어놓을 수 있는 사람을 말한다. 자신의 가족, 친구, 동료 등 가까운 주변 사람이 될 수 있다.
심리적 안전기지에 대해 잘 설명해 주는 영상을 본 적이 있다. 정신건강의학과 김지용 전문의는 이렇게 말한다. 심리적 안전기지라는 것은 내가 마음속으로 힘들 때 잠시 도피하고 위안을 받을 수 있는 그런 공간을 의미한다. 어린 시절 놀이터에서 놀다가 친구와 다투게 된 상황을 상상해보면 된다. 울면서 집에 돌아가 부모님에게 위안을 받고, 그다음 날 아무렇지도 않은 듯, 또 놀이터로 나갔던 기억이 있을 것이다. 성인에게도 이런 곳이 필요하다. 이렇게 자신이 위안을 받을 수 있는 곳이 가정이라면 더없이 좋다. 하지만 불행하게도 많은 가정이 이렇게 화목하기 쉽지 않은 것이 현실이다. 그럴 때는 가정을 대신해 줄 수 있는 친구나 종교단체, 혹은 어떤 장소도 가능하다.

그렇게 찾아보아도 심리적 안전기지를 찾을 수 없다면 심리상담센터나 정신의학과 병원을 찾아도 된다. 나의 모든 것을 내려놓고 나를 드러내 이야기할 수 있는 곳, 내 마음이 쉴 수 있는 곳이면 된다. 그 작은 공간에서 내가 조금이라도 긴장을 풀 수 있고, 회복될 수 있다면 마다할 이유가 없다. 조금만 더 용기를 내어보는 게 어떨까? [1)]

나의 심리적 안전기지는 남편이라고 생각했다. 가족 중 한 사람이 나의 심리적 안전기지가 되어 주었다는 것은 어쩌면 나에게 주어진 행운일 수 있다. 하지만 내가 잘못 생각한 것일까? 대화를 잘하다가도 어느 순간 서로가 원하는 방향만 말하고 있다. 나는 해외에서 다 같이 살기를 원했고 남편은 한국에서 다 같이 살기를 원했다. 남편과 연인 사이였을 때는 해외 정착에 대한 가치관이 맞았다. 결혼 생활 9년 차인 지금은 이러저러한 여러 가지 현실적인 이유로, 남편의 가치관은 변했다.

---

1) 출처: 세바시 강연(1102회), (2019. 10. 28), “우울하다면 ‘심리적 안전기지’를 세워라”(김지용 정신의학과 전문의) 〔비디오파일〕
https://www.youtube.com/watch?v=L23DziGNVgI

나는 2020년 10월, 우울증 진단을 받았다. 우울증 진단을 받기 전까지는 사는 게 사는 게 아니었다. 죽고 싶은 내 마음을 혹시 누가 알아볼까 봐 더 밝게 웃으며 살았다. 연애 당시, 남편은 내가 '환하고 밝게 웃는 사람'이라서 마음에 들었다고 했다. 나는 여러 가지 가면을 쓰고 있었기 때문에 어두운 모습은 천천히 보여주었다. 남편에게 나는 솔직하게 나의 상황을 설명했다. 그리고 나를 어떻게 대해주면 좋겠는지에 대해서도 이야기했다.

"처음 만났을 때의 웃는 모습도 '나'이고, 죽고 싶은 모습도 '나'야. 자기는 가면이 없어서 나를 이해하기 힘들 테지만, 난 평생을 이렇게 살아왔어. 지금은 자기도, 내 아이도 안 보여. 나밖에 안 보여. 그래서 현실에서 같이 살아가는 게 어려워. 죽고만 싶은 나를 도와줘야 해. 자기는 가장이니까 미래에 대한 걱정이 큰 거 알아. 하지만 지금은 돈보다도, 은찬이보다도 중요한 게 있어. 바로 나를 도와주는 거야. 그래야 함께 현실을 같이 살 수 있는 거야. 이해하기 쉽게 설명할게. 나와 자기의 위치를 예로 들어 볼게. 나는 지하 3층에 있고, 자기는 지상 1층에 있어. 자기와 현실적인 대화를 하려면 나도 같은 1층으로 올라가야 하는데 당신이 도와줘야 올라갈 수 있어.

앞으로 나를 우울증 환우로 봐줘야 해. 나를 일반적인 사람으로 보면 내 생각과 행동을 이해할 수 없을 거야. 자기는 이해를 해야만 상황을 받아들일 수 있는 사람이잖아. 이 우울증은 직접 겪어 보지 않으면 알 수 없어. 영어 공부하다가 모르는 단어가 있으면 문장의 흐름을 보고 이해가 되는 경우가 있잖아. 우울증도 마찬가지야. 내가 나를 알아가기 위해 블로그에 우울증 일기를 쓰잖아. 우울증 자체를 이해하려고 하지 말고, 일기를 보면서 나의 감정의 흐름을 알게 되면 더 좋을 것 같아. 그러다 보면 내가 왜 죽고 싶은지, 그럼에도 불구하고 왜 살려고 노력하는지 알 수 있을 거야."

부정적인 이야기도 대화가 필요하다. 비록 그 대화가 어두운 이야기일지라도. 부부가 같이 살 때 가장 중요한 건 대화이다. 상황이 괴로워서 피하면 피할수록 서로 오해가 쌓여가기 때문이다. 만약 주변에 우울증 환우가 있어서 도움을 주고 싶다면, 그들을 먼저 인정하고 받아들이는 것에서부터 시작해 보자. 그리고 천천히 마음을 열 수 있도록 기다려 주자. 특히 가족들의 도움과 응원은 우울증 환우에게 큰 도움을 줄 수 있다.

남편이 '우울증'이라는 병을 이해하기까지 오랜 시간이 걸렸다. 그러나 진심으로 나를 도와달라고 요청하고 나의 목소리를 조금이나마 전달했기에 남편이 나를 좀 더 이해해 주었고 나의 우울증이 더 심해지지 않을 수 있었다고 생각한다. 가족이 나의 버팀목이 되어주었다는 말은 그런 의미이다. 항상 어떤 일이든 첫발을 떼기가 힘들다. 시작이 반이라는 말이 맞는 말이다. 나의 목소리를 조금씩 내보자.

먼저 내 병을 인정하는 게 어려운 일인데 잘살기 위해 남편에게 설명하는 모습, 힘든 이야기도 대화로 풀어가려는 모습이 인상 깊었어. 진심으로 도움이 필요하다고 말하길 잘했어. 나의 이야기를 들어주는 남편이 있어 다행이야. 남편이 이해해 주고 들어주려고 노력하는 모습이었어. 남편에게 고마운 마음이야.

04 다시 마음이 무너져 내리다

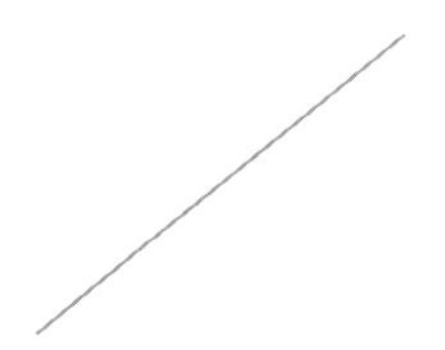

만성 우울증은 나 자신을 잃게 만든다. 내 우울증은 언제부터였을까? 정신과 선생님은 나에게 이렇게 말했다. "청소년기부터 우울증이 시작되어 현재까지 만성 우울증이시네요." 만성 우울증까지 되려면 겉과 속이 완벽하게 다른 모습으로 연기를 하면서 살아야 한다. 대부분은 자신의 수치심을 그 누구에게도 들키지 않기 위해 필사적으로 자신만의 방어기제를 사용한다. 방어기제란 자아가 위협받는 상황에서 감정적 상처로부터 자신을 보호하는 심리 의식이나 행위이다. (출처: 네이버 지식백과)

내 방어기제는 잘 사는 척, 괜찮은 척, 아무렇지 않은 척, 노력하는 척, 극복하는 척하는 것이었다. 그렇게 우울증에 대한 것을 지금까지 감추며 살아왔다. 내 수치심을 감추려 할수록 방어 기제는 더 강하게 사용된다. 열두 살이었던 내가 처음부터 모든 것을 철저히 감추려 하지는 않았을 것이다. 아주 작은 용기를 내어 가족이나 주변 사람들에게 나의 속마음을 표현했을지도 모른다. 그것은 꼭 말이 아니었을 수도 있다. 눈물이었을 수 있고, 짜증을 내었을 수도 있고, 숨기는 것이었을 수도 있다. 그것이 무엇이었든 내 안에서는 발버둥 치면서 내지르는 큰 소리였다. 그런데, 그 소리는 나에게는 들리는데 다른 사람에게는 들리지 않는 것 같았다. 나는 어디에 갇혀 있었던 것일까? 왜 아무도 어리고 여린 나의 소리를 들어주지 않았을까?

그런 작은 나의 시도들이 무시되고, 거절되고, 방치되었기에 나는 입을 닫고 싶었는지도 모른다. 용기를 낼 마음조차 접었는지도 모른다. 용기 내서 자신의 모든 것을 말을 할 수 있는 사람이 몇이나 되는가? 생각해 보면 용기를 내었던 많은 경우, 공감받지 못했다. 마음 어느 한구석, 편하게 있을 곳이 없다는 것에 대한 절망감은 감히 몇 줄의 글로 표현할 수 없다. 유아기부터 성인이 될 때까지 부모에게 학대를 받았으며, 청소년기에는 왕따로 학교폭력을 당했다. 많은 트라우마를 가지고 살아가는 내가 얼마나 마음 편한 곳을 원했으면 죽음을 생각했을까? 아무도 나를 이해할 수 없다.

뒤돌아보면 나의 삶 구석구석 슬픈 기억들로 가득하다. 과거는 잊으라고 말하는 사람도 있지만, 현재의 나의 모습은 과거의 삶이 있었기에 생겨난 것이다. 그래서 완전히 나의 과거를 무시하거나 모른척할 수만은 없다. '오지은이 오지은에게' 라는 나 자신과의 짧은 대화도 그래서 시도하게 되었다. 그렇게 내가 나를 찾아가기로 한 것이다. 잊지 못하는 과거의 슬픔과 조금은 편안해져 보려고 말이다. 그래도 과거의 나를 마주하는 것은 아픈 일이다. 힘든 것은 힘든 것이다.

죽음 너머 저편에는 나를 비판하고, 평가하고, 조언할 사람이 없으리라 생각했다. 어른이 되었을 때는 마음이 약한 사람이 되어 있었다. 우울증이 심했을 때는 나에게 안부를 묻는 지인들에게 답하는 것조차도 불안해서 더 이상 대화를 이어 나갈 수도 없었다. 피상적으로 겉도는 대화를 하고 싶지 않았다. 진심이 없는 대화와 만남은 피곤하기만 할 뿐이었다. 삶의 모든 부분이 회의적으로 변한다고 해야 맞을 것이다.

만성 우울증 환우가 대체 어떤 대화를 해야 할까? 누군가가 나의 이야기를 들어줄 때, 나의 감정을 다 받아주며 나의 감정 쓰레기통이 되어야 한다는 사실도 신경 쓰이고 불편했다. 내가 죽고 싶어 하는 이야기, 감정 조절이 안 되는 이야기, 자해하고 싶은 이야기를 대체 누가 매일 들어 줄 수가 있을까? 나를 미친 사람으로 보는 게 일반적인 시선이 아닐까?

내 마음은 곰팡이가 폈다. 지워도 지워도 계속 핀다. 너무 썩어서 회복할 수가 없는 지경에 이르렀다. 그래서 요즘에는 끄덕끄덕 어두운 이야기를 들어주기만 하는 정신과 선생님만 일주일에 한 번씩 만나러 간다. 나에 대한 어떠한 판단도 조언도 하지 않는다. 그 시간은 유일한 내면의 어두운 이야기를 마음껏 할 수 있는 시간이다.

만성 우울증의 삶은 나를 서서히 잃어가는 과정이다. 더 이상 어떤 기분을 느끼고 싶지 않다. 기쁨도, 슬픔도, 우울도, 분노도...... 감정을 쓰는 것 자체가 나에게 괴로움의 에너지다. 지우개로 내 뇌를 지울 수 있다면 내가 살아왔던 모든 기억을 지워버리고 싶다. 즐거웠던 기억이 삶의 원동력이 되었지만 이제 그 기억마저 괴롭고, 날 미치게 만든다. 감정을 느끼지 않으려고 하면 할수록 감정을 더 들여다보게 되고, 더 예민해져서 그 감정들이 너무 잘 보인다는 것이 문제다.

기억을 지워버리기 위해서 내가 하는 일은 하루 종일 잠자는 것이다. 잠을 자는 시간에는 괴로운 생각을 하지 않아도 되고, 현실을 살아가지 않아도 된다. 다음 날에 눈을 뜨지 않았으면 좋겠다. 무기력의 파도가 나를 덮친다. 내 우울증을 애써 극복하려 하지 않을 것이다. 애쓰고 힘쓰는 일이 불가능하다는 것을 알기 때문이다. 아직은 그냥 마음 가는 대로, 내가 하고 싶은 대로 하고 싶다. 나에게 무리한 요구는 하고 싶지 않다. 지금까지 나 자신에게 무리한 요구, 멀리 앞서간 사람들과의 비교의식 때문에 괴로웠던 것을 알고 있으니까. 나의 마음을 쉬게 해줄 방법은 무엇일까? 과거에 대한 이야기를 계속하면서 살아가는 것이 마음 편하다면 그렇게 살아갈 생각이다.

이제 삶이 어떤 것인지, 어떠해야 하는지도 잘 모르겠다. 결국 무감각해진 것일까? 그냥 우울증이 원하는 대로 살아갈 뿐이다. 그것이 나를 놓아버리는 삶일지라도 그것 또한 내가 살고 있는 삶의 방식이라 말하고 싶다. 다른 사람들과는 조금 다르게 살아갈 뿐이다.

내가 우울증 구렁텅이에 빠지면 한없이 땅 밑으로 꺼지는데 이 모습을 볼 때마다 안쓰러워. 극과 극의 모습을 자주 보았어. 힘들 때 숨어버리고 싶은 거 알아. 나에게만은 숨지 말아 줄래? 죽음이 끝은 아니야. 특별하게 살아야만 잘사는 거라고 생각하지 말자. 평범한 일상을 사는 것도 잘살고 있는 거야. 내가 지금 살고 있는 삶이 어떤 삶인지 모르겠다면 그것도 인정해 주는 건 어때? 현재는 그것이 나의 삶이고 나의 상태이니까. 해주고 싶은 말이 생각났어. 그건 바로 '뭐 어때? 괜찮아.' 라는 말이야. 불안한 생각이 들거나 두려움과 슬픈 마음이 생길 때 이렇게 이야기하면 조금 나아지는 것을 느낄 수 있을 거야.

05 나 혼자 해결할 수 없어

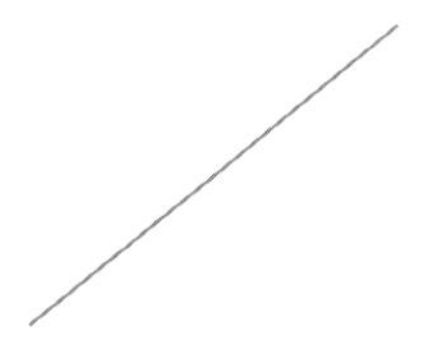

"내가 왜 이러는지 모르겠어. 자꾸만 죽고 싶어."

세부에 있을 때 내가 남편에게 말했었다. 남편도 처음 겪는 일이라 적잖이 당황했다. 우왕좌왕하는 사이 일상생활에 지장을 줄 정도로 우울증은 더 심각해졌다. 출근하는 남편을 붙잡고 제발 나랑 같이 있어 달라고 했다. 내가 극단적인 시도를 하고 있으니 스스로도 무서웠다. 아무도 없으면 무슨 일을 벌일지 알 수가 없었다.

"알잖아! 지금 일을 멈출 수 없는걸. 애도 있고."

"내가 죽겠다잖아! 내 목숨보다 중요한 게 더 있어?"

"요즘 나를 왜 이렇게 힘들게 하는 거야? 나도 최선을 다하고 있다고!"

남편과 다툼 끝에 다시 우울해지기 시작했다. 일 끝나고 내 이야기를 들어주는 남편이었다면 이렇게까지 말하지 않았을 것이다. 남편은 피곤하면 누워서 바로 자는 편이라 타지에서 속마음을 제대로 이야기를 할 수 있는 사람이 없었다. 그럴 때마다 죽음을 선택하겠다고 난리를 쳤으니 나도, 남편도, 제정신이 아니었을 터다. 남편은 걱정이 되었는지 일을 취소하고 이틀 정도 나와 같이 있어 주었다. 불안한 마음 상태였는데, 누군가가 옆에 있어 주는 것만으로도 큰 위안이 되었다. 나는 무서웠다. 진짜 죽게 될까 봐.
힘든 마음을 혼자서는 감당하기 힘들어 남동생에게 내가 극단적인 시도를 했다고 말했다. 동생 영준이는 놀랐지만 어쨌든 살아있는 것을 확인했으니까 안심하는 것 같은 눈치였다. 이제부터 어떻게 해야 할지 고민하다가 남편이 이렇게 말했다.

"우리 한국 가서 정신과 병원에 가보자."

내가 걱정되었나 보다. 나는 또 가족들에게 걱정만 끼치는 사람이 되어버렸다. 나 자신도 내가 싫었다. 병원이 아니라 도망가고 싶었다. 그러나 도망치지 않았다. 내가 죽고 싶었던 증상은 어릴 때부터 있었으니까. '나는 마음이 많이 아픈가 보다.' 이렇게 생각했다. 그 누구보다 치료를 원했었다. 혼자 해결하려다가 지금의 모습까지 온 거니까. 그러나 자신을 인정해버리면 병원까지 가는 데 그리 오랜 시간이 걸리지 않는다.

소라라는 동생도 자기 자신이 우울증이 있는 것 같다고 말한다. 그러나 정신과 병원에서 진료를 받는 것이 부담돼서 못 가겠다고 나에게 마음을 털어놓았다. 병원비도 감당하기 힘들고, 약에 대한 불신감도 병원에 가지 못하는 이유 중 하나라고 했다.

> "혼자서 해결하기란 힘들어. 나도 그대로 방치했다가 우울증이 더 심해진 거야. 그러니까 병원에 하루라도 빨리 가."

걱정이 돼서 말했더니, 병원을 가보겠다고 말한다. 그만큼 가는 게 쉽지 않다. 사람들의 선입견도 그렇고, 큰 용기가 필요하다. 하지만 남을 생각하다가 내 마음이 더 다친다는 것을 알아야 한다. 우울증이라는 병은 혼자서 해결하려고 하면 그 특성상 더 깊은 수렁에 빠져버린다. 경희대 병원 정신의학과 백종우 교수는 우울증을 혼자 해결하려고 하는 일부 시도에 대해 이렇게 말하고 있다.

> "우울증은 혼자 극복할 수 있다고 생각해서는 안 됩니다. 2016년 보건복지부 정신질환 실태조사에서 우울증 환자 479명에게 '과거에 치료를 안 받은 이유'를 물었더니(복수응답) '스스로 해결할 수 있다고 생각했다'라는 응답이 75.9%로 가장 많았습니다. 우울증 환자는 세상이 어둡게 보이고 끝이 없는 터널에 갇힌 것처럼 희망이 없다고 생각합니다. 그래서 도움을 청해도 소용이 없고, 병원 치료도 거절합니다. 그러나 우울증은 뇌의 질병으로 치료하면 70~80%의 환자가 좋아집니다. 우울증 환자를 병원으로 오게 하는 데에는 가족이나 주변 사람의 도움이 절실합니다."[2]

우울증은 치료하면 70~80%의 환자가 치료될 수 있다고 하는데 아직도 사회적인 분위기나 정신과 치료에 대한 여러 가지 오

---

2) 출처: 이금숙 기자, "우울증 환자 80%는 혼자 해결하려다 병 키워… 우울증은 치료하면 좋아지는 병입니다" 헬스조선(2018.02.20.), https://health.chosun.com/site/data/html_dir/2018/02/20/2018022002428.html)

해들로 인해 치료를 꺼리는 사람이 많다. 세계보건기구(WHO)에 따르면 한국의 우울증 환자는 성인 인구의 4.54%인 214만 5,000여 명 (2016년 기준)이다. 그러나 실제 우울증으로 진료받은 환자는 64만 명에 불과하다고 한다. (2016년, 국민건강보험공단) 숨겨진 환자가 150만 명에 이를 수 있다는 얘기이다. 우울증은 치료를 받아야 하는 뇌 질환으로, 우울증에 걸리면 의욕이 없어져 혼자 극복하기가 어렵다는 것이 전문가들의 조언이다.[3)]

'시간이 지나면 괜찮아지겠지. 평생 이렇게 살아왔는데, 뭐. 별일 있겠어?' 우울증을 앓는 사람들 중에 이렇게 생각하는 사람들이 많다. 내가 그랬다. 시간이 약이라고, 조금 있으면 괜찮아질 줄 알았다. 그러나 우울증에 있어서는 시간이 약이 아니라는 것을 꼭 기억해야 한다. 병을 앓고 있으면서도 이런 마음을 가지고 있는 사람들이 많다는 것이 참 안타깝다. 이것이 얼마나 위험한 생각이었는지 지나고 보니 더 확실히 깨닫게 되었다. 치료를 꺼리다가 시간이 지나서 증상은 조금씩 더 심해지고 치료하기 어려운 상황이 될 수 있다. 그리고 언제 극단적인 선택을 할지 알 수 없어서 그 위험이 더 크다. 내가 지인에게 빨리 병원

---

3) 출처 : 위의 기사

에 가보라고 권유할 수 있었던 것도 이런 위험성을 알고 있었기 때문이다. 나처럼 힘든 일은 겪지 않기를 바라는 마음에서 알려 준 것이었다.

서양에서처럼 한국 사회에서도 마음이 아파 병원에 가는 일들이 눈치를 봐야 하거나 이상하게 생각할만한 일이 되지 않길 바란다. 지금도 사회적 분위기라는 굴레에서 주변 사람들을 의식하며 얼마나 많은 사람들이 고통스러워하고 있을까?

주변에 우울증 환우가 있다면 이상한 눈빛으로 보는 것이 아니라 열린 마음으로 봐주었으면 좋겠다. 어쩌면 이 글을 보고 있는 당신이 그들에게 보내는 따뜻한 응원의 눈빛이 큰 위로가 될 수 있을지도 모르니까.

사람들이 어떻게 생각하든 일단 나 자신을 먼저 챙기는 게 중요해! 그런 면에서 너는 큰 용기를 낸 거야! 너 자신도 치료를 받고 있고, 다른 사람에게도 조언할 수 있을 정도로 성장한 거야! 너무 멋져!

06 우울증을 당당하게 알리기

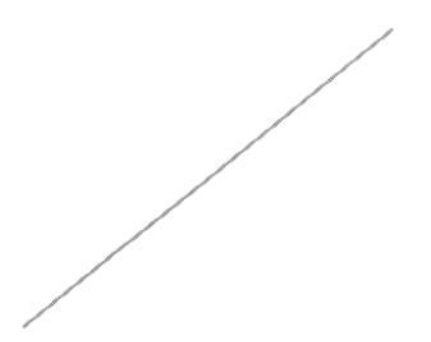

처음에는 우울증을 당당하게 알리지 못했다. 오히려 우울증을 알리지 말아야 한다고 생각했다. 나는 내가 우울증이라는 사실을 아는 순간 친구들과 연락을 다 끊어버렸고 나 혼자만의 동굴로 들어갔다. 그렇게 지낸 지 1년이 지났다. 친구들에게 말할 자신이 없었다. 우울증이라고 하면 뭐라고 할까? 상처받는 말을 하지 않을까? 여러 가지 걱정 때문에 밖으로 나갈 수가 없었다. 그러다 보니 자연스럽게 대인기피증도 생겼다. 우울증을 거부하고 싶어서 병원도 가지 않았다. 심각하지 않은 거라 믿었다.

주변 사람들에게 우울증을 알리기 싫은 마음, 누구보다 이해한다. 오히려 들킬까 봐 더 밝게 행동하고 있고, 더 즐겁게 행동하고 있을 수도 있다. 나도 그랬었다. 하지만 그런 날은 집에 돌아오면 모든 에너지가 소진되어 우울증에 더 쉽게 빠져들곤 했다. 버틸 수 있다고 믿었다. 그러나 버티면 버틸수록 나아지는 대신 더 힘들어졌다. 우울은 나 혼자 감당하기에는 너무나 무거운 짐이었다. 함께 짐을 나눠서 질 누군가가 필요했다. 진심 어린 응원도 필요하다는 것도 느끼게 되었다. 그러나 내가 이야기하지 않고, 먼저 손을 뻗지 않으면 아무도 나를 도와줄 수 없다.

전직 아나운서이기도 했던 위서현 박사는 자신의 강연(세바시 1103회, '우울에 대처하는 방법')에서 우울증이 만성화되거나 더 깊어지기 전에 '나와 너를 연결하는 목소리'가 필요하다고 소개하고 있다. 첫 번째 목소리는 자기 침묵을 깨고 감정을 말하는 목소리이다. 이것은 나의 감정을 발견하고, 느끼고, 상대방에게 전달하는 목소리이다. 그리고 두 번째는 도움을 청하는 용기의 목소리다. 내가 우울에 사로잡혀서 꼼짝을 못 하겠으니 제발 도와달라고 하는, 도움을 요청하는 목소리라는 것이다.

처음 마주하게 된 나의 우울증은 나에게도 낯설고 두려운 것이었다. 인정하고 싶지 않아 버틴 것도 그 때문이었다. 그 사실을 인식하고 나의 감정을 말하는 것도 쉬운 일은 아니지만, 누군가에게 나의 마음을 알리고 도움을 요청하는 것은 더더욱 어려운 일이다. 우울증이 치료하기 어려운 이유는, 병 자체의 어려움보다는 이처럼 치료하는 자리로 나가기까지의 과정이 너무나 힘들기 때문이 아닐까? 그러니 더더욱 주변의 도움이 필요하다.

나는 그래서 용기를 내보기로 했다. 큰 결심을 해야 하는 일이었지만 아파하고 있는 나만 생각하기로 했다. 자가 격리가 끝나고 한국에서 지내던 어느 날, 6명의 친구에게 전화를 해서 당당하게 우울증을 알렸다. 1년 사이에 우울증이라는 사실을 스스로 인정했기 때문에 알리는 것에 대한 부담감을 조금은 내려놓을 수 있었다. 친구들은 내가 하도 연락이 없어서 진짜 죽은 줄 알았다고 했다. 진심으로 친구들은 나를 걱정하고 있었다. 더 이상 쥐구멍으로 숨지 않기로 했다.

"여보세요?"

"여보세요! 누구세요?"

"나! 지은이야! 잘 지냈어?"

"뭐야! 너!! 왜 이렇게 연락이 안 돼?"

"미안해. 내가 싸이월드 할 때 우울하다는 말 자주 썼었잖아!?"

"어! 근데 그게 왜?"

"그때부터 어느 정도 우울증이 진행된 것 같아."

"아, 진짜? 그럼, 말을 하지! 우리 진짜 걱정 많이 했어!"

"입이 떨어지지 않았어. 나부터도 내가 우울증이라는 걸 인정하지 못했거든."

"우울증 걸리면 힘들다던데 지금은 어떤 상태야?"

"폐쇄병동에도 입원했었고, 병원 방문해서 꾸준히 약 먹고 있어."

"진짜? 그 정도로 네가 힘들었구나!"

"다음에 만나면 더 자세하게 알려줄게."

"응. 코로나 잠잠해지면 만나서 얘기하자."

코로나로 인해서, 만나서 이야기할 수가 없는 상황이었지만 친구들의 걱정하는 마음은 충분히 느낄 수 있었다. 친구들에게 이야기했을 때 내가 두려워했던 일은 일어나지 않았다. 나는 내가 더 상처받으면 어쩌나 하는 걱정을 했었다. 그러나 생각보다 친구들은 담담하게 나의 이야기를 들어주었다. 예전에 비해 우울증에 대한 인식이 조금은 바뀐 것일까? 나를 진심으로 걱정해 주었고 빨리 낫기를 응원해 주었다.

우울증은 일상생활에서 느낄 수 있는 감정이 아니다. 아무것도 할 수 없을 것 같은 느낌, 살아있는 것도 아무 의미가 없는 느낌, 이대로 죽어도 괜찮을 것 같은 느낌이다. 마치 늪에 빠진 것처럼, 또는 심해 깊은 곳에 있는 것처럼 느껴진다. 이 감정을 의지박약이라고 이야기하는 사람이 있다면, 우울증은 의지와는 전혀 상관이 없다고 말하면 된다. 그리고 주변 사람들에게 우울증에 대한 이해보다 도움을 요청하면 된다. 병원에 혼자 가기 어렵다면 병원에 같이 가달라고 하던지, 죽고 싶은 생각이 든다면 그 마음을 터놓는 것도 괜찮다.

우울증은 누구에게나 찾아올 수 있다. 특별한 병이지만 한편으로는 아주 특별하지만은 않은 것이 우울증이라는 생각이 들었다. 이것을 인정하고 받아들이면 좀 더 편안한 마음으로 나 자신을 기다려줄 수 있을 것이다. 조급해하지 말고 천천히 갈 수 있어야 한다. 힘들고 어려운 과정이 되겠지만 나를 이해해 주는 사람들이 생겨서 다행이다.

우울증을 주변에 알리되 도움은 전문가에게 받아야 한다는 걸 기억하자. 혹시 이 글을 보는 사람 중에 자신도 우울증인 것 같다는 생각이 들면 병원에 가서 진단을 받아볼 것을 권한다.

처음에 나도 우울증을 주변에 알리는 것에 대해 부정적으로 생각했는데, 오히려 말하길 잘 한 것 같아. 친구들은 내 말을 집중해서 들어주려고 하고 선생님은 내 상태를 보며 약을 조절해 주니까 이 세상에 아예 내 편이 없는 것은 아니구나 하는 생각을 하게 되었어. 이제 시작했으니 반은 지나온 것 같아서 마음이 조금은 안심이 돼. 앞으로 더 나아진 너의 모습도 기대돼. 병원은 꾸준히 다니는 게 중요한데 지금까지 빠지지 않고 다닌 것에 대해 아낌없이 칭찬해 주고 싶어! 잘했어, 지은아!

07 부모님에 대한 원망 멈추기

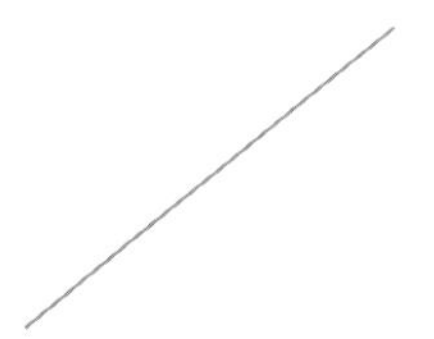

부모님을 원망하면서 살았다. 역기능 가정에서 자라게 한 것이 원망스러웠다. 역기능 가정이란? 보통은 알코올 장애, 일 중독, 노름 중독, 외도, 지독한 가난 등으로 인해 갈등이나 폭력행위 등의 수준이 자주 높게 나타나며, 부모 중 양쪽 모두 또는 한쪽이 아동을 지속적으로 방치 내지는 학대하고 나머지 한쪽도 이러한 상황에 적응한 가정이다. (출처: 네이버 백과)

보통은 부모가 있으면 엄마에게 정서적으로 의지를 하거나 아빠에게 의지하게 된다. 이혼 가정이 아닌 이상 엄마, 아빠 중의 한 사람과는 의사소통을 하면서 산다. 나는 의사소통이라는 것을 모른 채 정서적인 학대를 받으며 자라왔다. 성인이 되면서 자연스럽게 엄마에게 원망이 가면서 아빠와 이혼하지 않는 것에 대해 짜증이 났다. 내 친정의 가정 형편을 다 아시는 시어머니는 이렇게 말씀하셨다.

"아빠가 술 중독자면, 대체 엄마는 여태까지 무엇을 한 거니?"

남편을 통해서 들은 말이다. 이 말은 부모님이 나를 방치했다는 뜻이다. 일반적인 가정에서는 문제를 바로 아는데, 역기능 가정에서는 그렇지 않다. 나는 무언가에 실패할 때 엄마를 자주 원망한다. 부정적인 말을 자주 들었던 나는 자존감이 없기 때문에 스스로 비하하기 때문이다.

초등학교 2학년 때 멀리뛰기 선수를 하고 있을 때다. 엄마는 이런 말을 많이 했었다.

"공부를 못하니까 멀리뛰기 하는 거야."
"머리가 멍청하니까 멀리뛰기 하는 거야."

어린 마음에 상처를 많이 받았고 지금도 상처가 있다. 특히 말로 학대를 많이 했다. 나는 부모님을 원망하지 않고서는 살 수 가 없었다. '우리 엄마가 아니었으면, 우리 아빠가 아니었으면, 나를 많이 더 사랑하는 부모님을 만났다면……' 이런 생각을 많이 했다. 용서라는 것을 해야 할까? 부모님에 대한 싫은 감정이 들면 온몸으로 표현한다. 얼굴이 찡그린다든지, 발걸음을 뒤로 걷는다든지…… 이렇게 사는 것도 힘들다.

부모님마다 사랑을 표현하는 방식은 다 다르다. 나는 성인이 되어서도 '사랑을 못 받고 자란 아이' 라고 나를 지칭하며 살아왔다. 나를 안아주고, 나를 믿어주고, 사랑한다는 말을 듣는 것이 나에 대한 관심이라 생각했다. 부모님은 나에게 관심을 주지 않았기 때문에 사랑을 받지 못하며 자라왔다. 자식에게 보이는 폭언과 폭력적인 행동은 부모가 처음이라는 말로 정당화시킬 수는 없지만 나의 부모님도 엄마, 아빠가 되는 것이 처음이라서 서툴렀다는 사실을 지금에서야 알았다. 나의 상처에 대한 기억을 모두 지울 수는 없다. 그러나 물 흐르듯이 안 좋은 기억은 흘려보낼 수 있을 만큼 마음의 여유가 조금 생기게 되었다. 평생을 부모님을 원망하고 미워하고 있었던 삶에서 돌이켜 이제는 내가 그분들을 품어줄 수 있다면 좋겠다.

내가 자라온 가정환경은 '사랑에 대한 표현' 이 잘못되었을 뿐,

부모님이 나를 사랑하지 않은 건 아니었다는 사실을 어른이 되어 알게 되었다. 그리고 부모님에게 싫었던 감정만 있었던 것은 아니었다. 단지, 부모님도 자라온 환경이 마음껏 사랑을 받고, 표현하는 환경이 아니었고, 나의 부모가 된 것도 처음이었으니 자녀에게도 어떻게 사랑을 표현해야 하는지 몰랐던 것이다.

부모님의 성장 과정을 받아들이는 시간

부모님이 살아온 가정환경은 나보다도 더 좋지 않았다. 그분들도 사랑을 받지 못하는 환경이었다. 엄마는, 아버지가 일찍 돌아가셨기 때문에 가정환경이 부유할 수가 없었다. 가난은 필수였다. 엄마의 형제는 칠 남매였지만, 무슨 사정에서인지 엄마만 엄마의 할머니 밑에서 혼자 외롭게 자랐다. 학교를 다니고 싶었는데 일찍 포기하고 생계를 위해 일을 하셔야 했다. 엄마 또한 자라면서 부모의 부재 속에서 부모와 자식 간의 소통을 배우지 못했다. 엄마는 학교를 다니지 못한 아쉬움 때문에 나에게 공부를 강요하셨다.

아빠는, 아버지가 술 중독으로 어머니를 괴롭히는 모습을 보고 자랐다. 이것은 똑같이 아빠에게 대물림되었다. 어머니로부터 따뜻한 밥을 못 먹었다고 들었다.

부모님의 서툰 사랑을 '알아차림' 하는 시간

1. 동생보다 나에게 입는 것과 먹을 것을 더 챙겨 주셨다.
2. 부모님이 아무리 바빠도 물놀이를 좋아하는 나를 위해, 매년 여름휴가는 동해로 떠났다.
3. 아빠는 내가 학교에서 받아온 모든 상장을 집안 벽에 걸어 놓으셨다.(직접적으로 표현은 안 하셨지만 내심 자랑스럽게 생각하셨던 것 같다.)
4. 아빠가 나에게 밥 먹으라고 하시는 말은 사랑을 표현하는 말이었다.
5. 손자를 예뻐하시는 모습을 보면, '내가 어렸을 때도 이렇게 예뻐했겠구나.' 하는 생각이 든다.
6. 아빠가 술을 마시고 오셔서 나의 방문을 열었다가, 말없이 다시 문을 닫는 행동은 나를 향한 관심이었다.
7. 엄마가 공부하라고 나에게 강요한 건 힘들게 살지 않기를 바라는 마음에서였다.

매년 부모님과 함께 크리스마스트리를 꾸미는 시간을 가졌다.

결론은 내가 하는 모든 일이 다 잘 되기를 바라는 마음이셨다.

나는 은찬이에게 사랑을 표현하고 있었을까? 원망은 원망을 낳는다. 부모에 대한 원망은 다시 나의 자식이 태어난 것에 대한 원망으로 돌아갔다. 당신도 지금 부모를 원망하고 있다면, 멈추길 조심스레 바라본다. 지금까지 원망하며 살아보니, 나에게 남는 건 아무것도 없었기 때문이다.

쳇바퀴 돌듯이 일이 잘 안 풀리는 내 인생. 부모를 탓하면 마음이 시원했어. 그렇지만 그 마음은 그리 오래가지 않았어. 오히려 화가 나서 힘들었어. 부모님을 원망하면서 살았다면 지금부터는 부모님을 용서하면서 살아봐. 용서라는 게 쉽게 되지 않겠지만 노력해 봐. 잊지 마. 그건 바로 너를 위해서야.

08 내면과 대화하기

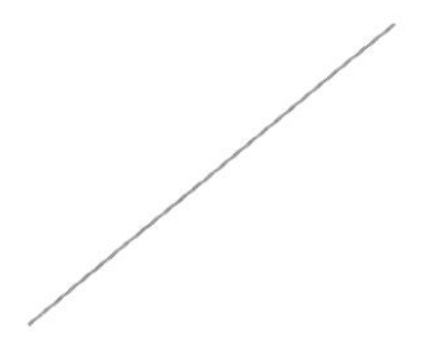

내면이란, 밖으로 드러나지 아니하는 사람의 속 마음. 사람의 정신적∙심리적 측면을 이른다.(예 : "인간의 내면을 들여다보다.") (출처: 네이버 국어사전)

대인관계에서 외로움을 느낀다면 그만큼 하고 싶은 말이 그 내면에 있는 게 아닐까? 오늘은 거울을 보며 나에게 하고 싶었던 이야기를 하는 날이다. 나와 대화하는 것이 어려운 일인 것은 아니지만, 처음에는 조금 어색하기도 해서 연습과 훈련이 필요하다. 이 글을 보는 사람도 오늘만큼은 나 자신에게 집중하는 날이길 바란다. 나와의 대화는 인터뷰 형식으로 작성했다.

Q. 왜 죽고 싶은 생각을 하나요?

나는 '살고 있어서 행복하다.' 이런 느낌을 받고 싶어요. 저 자신을 비난하는 말을 아무렇지 않게 말한 계기가 있어요. 어렸을 때부터 제 주변 사람들은 그 누구도 인정해 주지 않았어요. 친구, 가족, 선생님, 모두가 제가 뭔가 부족한 아이라고 했어요. 여덟 살 때, 친구와 싸운 적이 있었어요. 크리스마스가 다가오고 있을 때였는데 '산타 할아버지가 있을까? 없을까?' 이 문제로 싸우게 되었죠. 저는 산타가 있다고 했는데, 그 후로 같은 반 친구들에게서 바보라고 놀림을 당했고, 상처를 받았어요. 그저 내 말이 사실이 아니라는 이유만으로 저에겐 바보라는 꼬리표가 붙었어요. 그뿐 아니라 덧셈, 뺄셈을 제대로 못 해서 매일 나머지 공부를 했죠. 공부를 가르치시던 선생님도 화를 낼 정도였으니 저의 자존감은 바닥을 쳤고 살고 싶지가 않았습니다.

집에서 부모님과 동생에게 치이고, 학교에서는 친구와 선생님께 치어서 기댈 사람 하나 없이 자라왔어요. 이런 상황이 성인이 되어서까지 이어지다 보니 외로움이 저의 친구가 되었어요. 어느 한 사람이라도 "괜찮다. 인생에서 중요한 건 네 마음이다."라는 말 한마디를 해주지 않았어요. 그때 저 자신을 응원하는 방법을 알았다면 좋았을 것 같아요. 저는 죽고 싶어 하는 나 자신도 같이 응원하고 있다는 것을 전달해 주고 싶어요. 우선, 죽고 싶은 마음을 인정해야 편해질 것 같아요. 창피하다고 더 이상 숨기지 않을 거예요.

Q. 마음이 편해지고 싶다는 이야기는 무슨 뜻인가요?

무엇이든 억지로 하지 않겠다는 이야기예요. 세상을 살아가면서 모든 것이 내 마음대로 되지는 않죠. 하지만 '선택'은 제가 할 수 있어요. 우울증 이전의 삶은 그 선택조차도 타인의 눈치를 살펴야 했어요. 불편해도 불편하다는 말을 못 했던 사람이었어요. 누군가가 저에게 간섭이 심하다든지, 예의가 없다든지, 자기 생각만 강요한다든지, 말을 막 내뱉는다든가 나를 무시하면 몸이 얼어붙어요.

이런 사람도 있고, 저런 사람도 있다는 것을 어릴 땐 몰랐어요. 경험이 부족했고 그런 삶이 힘들어서 계속 회피형으로 살아왔던 것 같아요. 회피하면 제 마음을 다치게 할 일은 없었거든요. 그러면서 저는 연기를 하거나 가면을 쓰는 일이 많아졌어요. 가면이 굳어갈 때쯤에 마음에 문제가 생겼다는 것을 알았어요. 하지만 그때는 이미 증상이 많이 진행된 상황이었어요.
이제는 당당하게 제 마음이 향하는 길로 가려고 해요. 제 마음이 불안을 느끼거나 두려움이 느껴진다면 일단 멈추려고 해요. 그리고 마음을 잘 살펴보고 진짜로 원하는지, 끌려가는 건지, 생각할 수 있는 시간을 갖는 거죠. 오늘은 마음이 편하고 평온해요.

Q. 어떤 사람이 되고 싶나요?

저는 타인에게 도움을 주고 싶은 사람이 되고 싶어요. 보통 우울증에 걸렸어도 우울증인 줄 모르고 지나치는 사람들이 많아 안타까워요. 내 마음에 집중할 수 있을 때 조금씩 치유가 일어나는 것 같아요. 중요한 일이지만 누구나, 언제나 할 수 있는 일은 아니라고 봅니다. 자신의 마음을 들여다보아야 한다는 사실을 인식조차 하지 못한 채 사는 사람들이 많은 것을 보면 알 수 있어요.
자신이 어디가 아픈지도 모르고 살아가는 고통이 얼마나 힘든 것인지 잘 알고 있어요. 그래서 저의 경험을 바탕으로 진정성을 담아 책으로 전달하고 싶어요. 마음이 따뜻한 사람이 되어, 용기보다는 위로를 건넬 수 있는 사람이 되고 싶어요. 세상에는 조언은 많은데 위로의 말을 찾기는 힘들잖아요. 제가 대신해드리고 싶어요. 상대방의 입장을 충분히 이해하고 그들의 시선에서 공감해 주는 것이 힘들어하는 사람들의 마음을 따뜻하게 해 줄 거라 믿어요. 평범한 일상으로 돌아갈 수 있다는 것만으로도 그들에게는 큰 행복이 될 거예요.

내가 무엇을 원하는지 알고 싶을 때는 질문을 먼저 하고 자기가 생각하는 것을 적어보면 도움이 된다. 나의 내면과 대화하고 싶거나 생각 정리를 하고 싶을 때, 이렇게 해보길 추천한다.

늘 사람들의 인정에 목마른 아이였어. 누군가가 인정해 주지 않으면 나라는 사람에 대한 가치도 없어지는 줄 알았어. 그게 사실이 아니었음에도 불구하고 조금씩 내 마음속에 스며든 생각을 거부하지 못했어. 그때는 나의 내면도 누군가의 보살핌이 필요한 어린아이였으니까. 나의 가치가 다른 사람들에 의해 매겨지는 것은 나에 대한 올바른 가치관이 아닌 것 같아. 네가 거부할 권리도 있는 거야. 사람들이 인정해 주지 않아도 스스로 나를 안아줄 수 있는 사람이 되어야 해. 너는 너 자체로도 충분히 아름답고, 가치 있는 사람이야. 이 사실을 꼭 기억해.

09 새로운 꿈 찾기

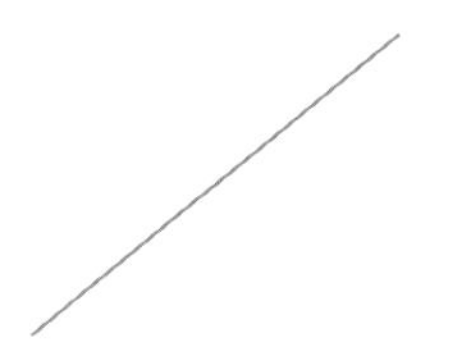

두근거리는 일을 찾고 싶었다. 언제부터 작가가 되고 싶었는지는 모르겠다. 초등학교 일기장에 선생님께서 "지은이는 커서 기자하면 되겠다." 이런 답글을 적어주신 적은 있었다. 그 말이 아직도 생각나는 거 보면 꽤 인상 깊었나 보다. 아니면 그 칭찬이 좋았던 걸까?

나는 결심을 하면 일단 무섭게 돌진한다. 불도저다. 빨리 그만두는 게 문제이다. 책을 쓰는 것 역시 천천히 쓰다가 멈춰 버렸다. 자신감도 떨어지고 내가 못 쓰는 것 같았다. 어떤 순간에는 글을 쳐다보기도 싫었다. 완벽주의 성격이 있어서 지적을 받거나 내 마음에 들지 않으면 하기 싫어진다. 책 쓰기는 멈췄어도 블로그에 일기 쓰기는 멈추지 않았다. 매일 쓰지는 않았지만 중요한 건 멈추지 않았다는 것.

내가 책 쓰기에 처음 관심이 생겼던 것은 버킷리스트에 '에세이 출간하기'를 추가하면서부터였다. 죽기 전에 해보고 싶은 것을 하려는 양가의 감정이 있다. 살고 싶기 때문에 욕심도 많은 것 같다. 버킷리스트에 여러 가지가 있지만, 책 쓰기는 꼭 해보고 싶었다. 세상에 내 이름 세 글자가 남겨지는 것에 대해 긍정적으로 생각한다. 그래서 여행 유튜버를 했었다. 결국은 실패했지만 다음에 기회가 되면 다시 도전할 생각이다. 새로운 꿈들이 생겨나는 건 즐거운 일이다. 삶을 살아가게 해준다. 무기력이 심하고, 우울증이 있다면, 일에 대한 즐거움을 느낄 수 있는 직업이 좋다.

"지은아, 너 여행 좋아하면, 여행 작가 해보는 거 어때?"

어느 날 민지가 이야기했다. 처음부터 작가를 생각한 건 아니다. 버킷리스트에 있었던 것도 아니었다. 나는 말을 조리 있게 못 하는 대신에 마음을 글로 전달하는 일은 어렵지 않게 해내었던 것 같다. 은지의 자기소개서를 도와준 적도 있고, 보라가 남자친구와 다툴 때 문자를 대신 써주기도 하였다. 남편도 내가 글을 잘 쓴다고 이야기해 주었다. 내가 할 수 있는 것을 찾게 해 준 사람들이 있었다. 고마운 일이다. 글을 잘 쓴다고 생각하지 않았는데, 보는 사람들의 입장에서는 공감을 얻을 수 있는 무언가가 있다고 한다. 내가 잘할 수 있는 일이라 생각하니 글쓰기가 편하게 다가왔다.

사실, 나는 나의 글쓰기가 특별하지 않다고 생각한다. 나는 그저 나에게 일어난 일을 솔직하게 썼을 뿐이었다. 하루에도 몇 번씩 극단적인 생각이 드는 내가 나의 삶을 아름답게 치장할 만한 여유는 없는 것이 당연하다. 하루하루 나에게 쌓이는 감정을 그때그때 털어내지 않았다면 지금쯤 나는 답답한 가슴을 부여잡고 처리하지 못한 감정들 때문에 힘들어하고 있었을 지도 모른다. 나의 감정을 담은 감정일기도 그때의 감정을 솔직하게 써야 기록하는 효과가 있다. 나의 감정을 숨길 이유가 없었기 때문에 글을 쓸 때는 해방감을 느낄 수 있었다.

〈나는 이제 마음 편안하게 살기로 했다〉(북라이프, 2021.03.30)라는 책을 쓴 일본의 정신과 의사 가바사와 시온은 인간관계와 일상을 살아가는 데 있어 '솔직함'이 주는 유익에 관해 이야기하고 있다.

"인생을 즐기는 사람에게는 중요한 공통점이 있다. 바로 솔직함이다. 이것은 편견과 선입견을 버리고 중립에 선 상태를 말한다. 솔직한 사람은 다른 사람이 충고나 조언을 해주었을 때 일단 해보자 하고 받아들일 수 있다. 그러면 새로운 기회와 만남의 폭이 넓어질 뿐만 아니라 재미있는 일을 접할 기회도 늘어난다. 솔직해지고 싶다면 무엇이든 일단 하고 보자. 누군가가 "이 책 재미있어." 하고 말한다면 일단 읽어보자. 매일 일상에서 즐겁다고 느끼지 못한다면 현재의 안전지대 안에는 즐거운 일이 없기 때문이다. 즐거운 일은 안전지대 밖에 있다."

주변의 지인들이 나에게 글쓰기를 권했을 때, 내가 긍정적으로 반응하며 도전할 수 있었던 것은 글을 쓸 때는 나의 솔직한 모습을 담아 낼 수 있었기 때문이다. 나의 가면을 모두 벗고 진실한 모습으로 '글쓰기'를 만나게 되었을 때 비로소 시작할 수 있었다. 거기에 큰 부담을 느끼지 않았다. 나를 솔직하게 표현하는 것은 부담스러운 일이 아니었다. 오히려 힐링이 되고, 속 시원한 일이었다.

내가 하고 싶으면 일단 시작하는 거다. '시작이 반' 이랬다. 내 이야기로 글을 채워가는 이유는 누군가에게 도움을 주기 위해서이다. 나와 비슷한 처지인 사람이 있다면, 충분히 자격이 있으니 용기를 내라고 말하고 싶다. 아름답고 화려한 글들이 넘쳐나는 시대에 솔직하고 진실한 마음만은 통하리라고 본다. 그 속에서만 자유로울 수 있고, 마음을 움직일 수 있고, 감동을 줄 수 있다. 이 모든 좋은 결과들은 내가 굳이 의도하지 않아도 나타나는 열매 같은 것이다. 내가 누군가를 돕고 싶은 순수한 마음, 진실한 마음으로 다가가면 삶은 나를 실망시키지 않을 것이다.

블로그 댓글을 볼 때면 감사한 생각이 든다. 열 손가락에 꼽을 정도이지만 내 팬들이 생겼다. 처음에는 본인들과 비슷한 이야기가 공감이 간다고 한두 번씩 댓글을 달았다. 1년 넘게 꾸준히 운영하다 보니 감사하게도 이제는 '나' 라는 사람을 좋아해 주시는 것 같다. 그래서 더 새로운 꿈을 꾸었는지도 모르겠다.

내가 사는 현실은 작가를 꿈꾸지 말라고 말하고 있었다. 외벌이로 살아가는 우리 가족에게 내가 맞벌이로 일을 해서 수입을 늘리는 것이 더 필요하고 간절한 일이다. 은찬이를 키우다 보면 가끔 돈이 필요할 때가 있다. 다른 아이들은 다 가지고 있는 물건인데 우리는 돈이 없어서 못 사준다든지 할 때는 진짜 가슴이 찢어진다. 정신 차리고 일을 해야 하는데 꿈을 좇아간다고? 나 자신을 많이 비하하기도 했었다.

"나는 정말 현실성이 없어. 가족한테 도움이 안 되는 사람이야."

무엇을 해도 부정적인 생각이 사라지지 않을 때가 있다. 그러나 옆에서 응원해 주는 남편이 있기에 힘을 내서 책을 쓰고 있다. 그렇지 않았다면 현실적으로 많이 싸웠을 것이다. 믿어주는 사람이 있어서 글쓰기는 걱정 없이 할 수 있게 되었다. 그만큼 부담도 되지만 내가 하고 싶고, 누군가에게는 도움이 되는 일이기에, 나의 가정환경과 우울증에 대해서 이제는 좀 더 편안하게 말할 수 있게 된 것 같다.
나의 글을 읽는 사람 중에 혹시 삶이 지루하거나 무엇을 해도 재미가 없다고 느끼는 사람이 있다면, 한 번쯤 자신의 감정에 솔직해져 보기를 권하고 싶다. 나의 감정이 어떤지, 내가 하고 싶은 것이 무엇인지에 대해 주변 상황에 구애받지 않고, 감정을 꾸미지 않고 바라보면 정말 내가 원하는 것이 무엇인지 보일 것이다. '시간이 없다, 돈이 없다, 정보가 없다.' 같은 말들이 아주 작은 문턱에 지나지 않는다는 사실을 경험해 보길 바란다. 그 낮은 문턱은 누구나 어렵지 않게 넘을 수 있는 것이다. 시도도 해보지 않고 움츠려 있지 말았으면 좋겠다. 나의 진실된 모습은 두려움의 보자기 속에서 무언가를 하고 싶은 의지로 팔딱이고 있을지 모른다. 생기와 의욕이 넘치는 나의 자아는 한때 누구에게나 있었던 모습이었을 테니까. 누군가 와서 두려움의 보자기를 걷어주기를 바라고 있었을지도 모른다. 이렇게 솔직한 나의 모습을 찾아가는 것이 치유되는 과정이 아닐까? 그렇게 한 발자국씩 가다 보면 저기 멀리에 새로운 탈출구가 보일지 누가 알겠는가?

새롭게 도전하고 실패하는 게 사실은 두려웠어. 마음이 지쳐 가는데 이대로 주저앉으면 안 되겠다는 생각이 들었어. 너 자신에게 솔직하게 반응해 줘서 고마워. 네가 하고 싶은 것을 말해줘서 고마워. 이젠 너도 누군가에게 조금은 희망을 주고, 도움을 주는 사람이 될 거야. 살고 싶은 너의 새로운 꿈을 응원해.

〈 제 5 장 〉

당신에겐 죽음이 답이 아니다

01 집에서 가까운 병원 찾기

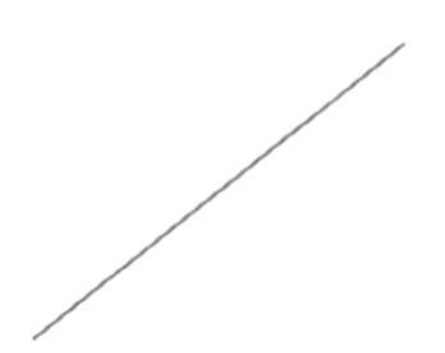

처음에는 가까운 병원이 아니었었다. 세부에서 바로 한국으로 와서 영준이가 오자는 병원으로 왔기 때문에 집에서 먼 거리였다. 나에게 '기분장애' 라는 진단을 내려준 선생님. 기분장애란 기분 조절이 어렵고 비정상적인 기분이 장시간 지속되는 장애로 뇌의 기분을 조절하는 부위에 이상이 생겨 발생하는 증상이다. 우울증과 조울증이 대표적이다. (출처: 네이버 백과)

"약은 꼭 드셔야 합니다. 다음 주에 오세요."

약을 일주일 치 지어주었다. 집에서 한 번에 가는 교통편이 없어서 택시를 탔다. 약은 처방받았지만 먹다가 중단했다. 머리가 멍해지고 아무 느낌이 들지 않았다. 약에 대한 거부감이 생겼다. 그래서 그 후로 1년 동안 병원에 가지 않았다. 그 결과는 말하지 않아도 짐작할 것이다. 1년 사이에 우울증은 더 심해졌다.

어느 날, 스스로 병원을 다시 가야겠다는 생각이 들었다. 이미 우울증에 지쳐있을 때였다. 하루빨리 약을 먹고 나아지고 싶었다. 걸어서 20분 거리에 있는 병원을 찾아갔다. 선생님을 만나서 불안 설문지를 작성했다. 불안 증세가 높다고 나왔다. 약을 처방해 주었다. 일주일 뒤에 다시 오라고 한다. 나의 무기력 때문인지, 왕복 40분을 걸어서 다니는 건 무리라고 생각되었다. 조금 더 가까운 병원으로 옮겨야 했다.

그다음엔 걸어서 10분 거리의 병원을 찾았다. 이 병원의 가장 큰 장점은 거리가 가까워서 병원을 빠지지 않았다는 점이다. 정신과 병원은 병에 따라 약을 각자 다르게 처방한다. 초반에는 일주일에 한 번씩 방문해야 했다. 병원이 10분 거리에 있다는 장점이 나에게 크게 다가왔다. 약간의 귀찮음이 있었지만 어쨌든 스스로 병원에 빠지지 않으려는 마음을 먹을 수 있었다. 가까워서 부담이 없었기 때문이다.

예를 들면, 이것은 집 근처의 헬스장을 다니느냐, 집 근처가 아닌 조금은 먼 곳에서 운동하느냐의 차이다. 나는 실제로 집에서

5분 거리의 헬스장과 집에서 15분 거리의 헬스장을 다녀 본 적이 있다. 5분 거리는 나가기 전부터 부담을 느끼지 않는다. 옷을 대충 입고 가도 신경 쓰이지 않았다. 가깝다는 것이 그야말로 운동에만 집중할 수 있는 최고의 장점이었다. 그런데 15분 거리에 있는 헬스장은 집에서 나가기 전부터 가기가 싫었다. 15분을 걸어야 한다는 부담감 때문이었다. 가깝다면 가깝지만, 컨디션이 좋지 않을 때는 그것도 걷기 힘들 것 같다는 생각이 들었다. 결론은 헬스장도, 병원도 가까운 곳이 최고!

친정으로 이사를 했다. 다시 병원을 옮겨야 했다. 버스 타고 10분 거리, 이번에는 버스를 타야 하는 단점이 있지만 병원 앞까지 내려주는 버스가 있어 다행이었다. 대중교통으로 10분을 넘지 않는 선이 적당한 것 같다. ?일단 집 밖으로 나가기 전까지 엄청난 귀찮음을 극복하고 가야 하기 때문에, 집에서 10분 이내에 있는 가까운 병원을 찾는다. 직장인이라면 직장 근처도 좋다. 자신의 위치와 가장 가까운 곳을 선택해야 꾸준히 약을 처방받을 수 있다. 약을 잘 먹고, 꾸준히 처방받아서 일상생활을 제대로 유지하는 것이 관건이다.
병원이 멀면 우울증 치료를 받고 싶은 마음은 점점 줄어든다.

우울증 치료는 내 현재 상태를 보며 약을 처방해 주기 때문에 꾸준히 병원에 가는 것이 중요하다. 처음에는 약을 2주, 3주, 이렇게 길게 지어주지 않는다. 일주일씩 경과를 지켜보면서 약을 조절해가며 서서히 나와 맞는 약을 찾아가야 한다. 따라서 가까운 병원에 다니는 것을 추천한다.

처음에 병원에 가기까지 진짜 힘들었던 거 이해해. 처음엔 누구나 편견을 버리기가 쉽지 않잖아. 그런데 가까운 병원도 몇 군데 가보며 나름대로 노력하는 모습이 멋있게 보여. 그리고 지금 벌써 1년 넘게 병원에 다니고 있는 것에 대해 박수를 보내고 싶어. 1년 동안 병원에 꾸준히 다니는 것은 쉽지 않은 일이야. 쉽지 않은 것을 네가 해낸 거야.

02 의사 선생님도 취향대로 선택

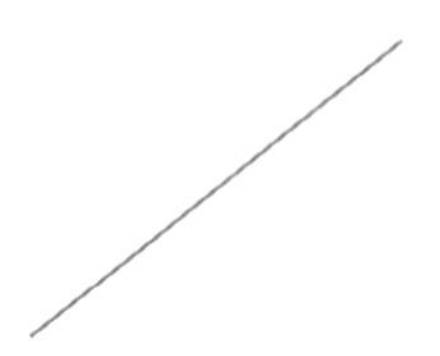

나는 총 네 군데의 병원을 옮긴 경험이 있다. 첫 번째는 마치 로봇처럼 말하는 의사 선생님이었다. 잘 들어주기는 하셨지만, 표정이나 말투에서 진정성을 느끼지 못했다. 나는 열심히 말하고 있었다. 그러나 선생님은 시간에 쫓기는 듯이 단답형의 대답만 해주시니까 말을 하면서도 괜히 초조해졌다. 이 당시에는 전날에 잠을 아예 못 자서 몽롱한 기분으로 선생님을 만났다.

나: 선생님, 죽고 싶어요.

선생님: 왜 그렇게 생각하죠?

나: 모르겠어요. 살고 싶지 않아요.

선생님: 자세하게 말해주셔야 합니다.

선생님은 다소 강압적이었다. 나이 많은 남자 선생님이셨기에 더 주눅이 들었다. 어렸을 때 경험했던 아빠의 무서운 모습이 오버랩되면서 나를 긴장하게 했다. 나는 이런 경우에 말이 제대로 나오지 않는다. 부정적인 모습이 훨씬 더 많았던 경험이었다.

가끔 매스컴에 환자를 무성의하게 대하는 정신과 선생님의 이야기를 본 적이 있다. 그 후에 환자의 극단적인 선택으로 많은 이들의 안타까움을 자아내었다. 환자는 정말 절박해서 병원을 찾았을 것이다. 스스로 이겨낼 수 있을 정도였으면 가지도 않았을 것이다. 많은 용기를 내어 찾아가 상담했을 터였다. 그러나 결과는 이곳에서조차도 자신은 설 곳이 없고, 자신의 생각과 감정이 받아들여지지 않는다는 절망감을 맞닥뜨리는 것이었다. 그 절망감을 우리가 감히 상상이나 할 수 있을까? 너무나 안타까운 일이다.

나는 의사 선생님과 상담을 하면서 이런 생각이 들었다.

'이 분은 날 돈으로 보는 건가?'

두 번째는 수다형의 의사 선생님이셨다. 나는 용기를 내어 부모님과 다 손절했다고 솔직하게 이야기를 했다. 그런데 의사 선생님은 내 나이가 50대가 되면 알아서 연락하게 될 거라는 조언을 해주었다. 나는 기분이 썩 좋지 않았다. 내가 무언가를 말할 때는 머릿속에서 한동안 맴돌던 생각을 어느 정도 정리해서 이야기한다. 이건 마치 우물에서 물을 길어 올리는 것 같아서 약간의 노력이 필요하다. 그냥 말하는 것이 아니라는 소리다. 즉흥적이고 단편적인 대답을 들으려고 이야기했던 것은 아니었다. 환자의 정서적인 상태와 살아온 삶을 다 알지 못한 상태에서 하게 되는 섣부른 조언은 우울증 환자에게 거부감을 줄 뿐이다.

나는 인생 선배의 조언을 들으러 간 것이 아니었다. 아파서 간 것이었다. 나를 환자로 대하고 있는 것인지 의문이 들었다. 우울증을 앓는 사람들 중에는 말수가 현저히 적어진 사람들이 많다. 침묵으로 들어가는 것이 우울증의 한 증상이라고도 할 수 있다. 그런 우울증 환자가 무언가를 이야기할 때는 쉽게 하는 이야기가 아니다. 조금만 더 들어주고 조금만 더 공감해 주었다면 좋았을 텐데 하는 아쉬움이 생겼다. 나는 바로 다른 병원을 알아보았다.

세 번째 내가 만난 선생님은 나의 이야기를 진중하게 들어주시되 내 상황을 공감해 주는 분이셨다. 지금까지 만났던 의사 선생님 중에 가장 마음에 들었던 선생님이다. 나에게 던져주신 질문들도 나에 대해 생각하고 더 잘 이해하게 도와주는 질문들이었다. 이런 분을 만나면 마음의 문을 열기에 오랜 시간이 걸리지 않는다.

선생님: 지은 씨! 어떨 때 화가 일어나나요?

나: 누군가가 제 감정이나 생각을 제대로 알아주지 못할 때요. 주변 사람들에게 제가 우울증을 이해해 주길 바라는 것도 이기적인 마음일까요?

선생님: 아니에요. 다만 지은 씨가 가정환경에서 이해를 받으면서 살아 본 적이 없었기 때문에, 이해받고 싶은 욕구가 더 큰 것뿐이죠.

나: 선생님, 제가 친정으로 이사 가게 되었어요! 친정 근처에 추천할 만 병원이 있을까요?

네 번째는 세 번째 의사 선생님의 추천을 받고 가게 된 병원이었다. 병원을 옮길 때마다 똑같은 이야기를 해야 하는 번거로움이 있지만, 좋은 선생님을 만나려면 이 정도의 수고는 있어야 한다. 나의 이야기를 들으신 선생님은 이렇게 말씀해 주셨다.

"네, 지금까지 살아준 것에 대해 고맙게 생각해요. 잘 오셨어요."

새롭게 만난 선생님은 마음이 따뜻한 분이셨다. 친정에서 같이 살게 된 알코올 중독자인 아빠 이야기를 할 때 선생님은 안타까운 눈빛으로 나를 바라보셨다. 진심 어린 공감을 해주셨다. 안도감이 생겼다. 덕분에 더 편안하게 말할 수 있었다. 선생님의 공감해 주시는 모습을 보며 나도 모르게 자존감이 조금은 올라가는 것을 느꼈다. 내가 잘하고 있구나 하는 마음이었다. 나에게 용기를 주는 말씀도 잊지 않으셨다.

"지은 씨는 생각하는 것보다 강한 사람이에요. 그런데 지은 씨는 이걸 모르는 것 같아요. 멘탈이 약하다고 생각하지 말고, 지금은 상처가 덧난 곳을 다시 치료한다고 생각해 주세요."

나를 있는 그대로 이해해 주시고, 더 나아지기를 바라는 진실한 마음이 느껴져서 좋았다. 좋은 선생님과 대화를 하고 나면 일상으로 돌아가서 잘 살고 싶다는 용기도 생긴다. 그래서 나에게 맞는 의사 선생님을 만나는 것은 중요한 일이다. 어쩌면 우울증 치료에 있어서 ?가장 중요한 선택일 수 있다. 어느 정도의 귀찮음도 있겠지만, 이 부분은 우울증이라는 병을 천천히 고쳐줄 수 있는 중요한 요인이기 때문에 조금은 까다로워질 필요도 있다고 생각한다. 지금 내가 만나고 있는 의사 선생님과 대화를 나누는 것이 편하지 않을 때는 다른 병원에도 가보면서 약간의 노력과 발품을 팔아야 한다.
나는 상담이 끝나고 진료실을 나올 때 이렇게 말한다.

"매일 이 시간을 기다려요. 감사합니다."

진심에서 우러나온 고마움의 표시이다.

맞아. 나는 강한 사람이야. '왜 이렇게 나는 약해 빠졌어?' 하는 이런 생각은 이제 버리자. 나는 지금 내 상처를 아프지 않게 다시 치료하는 중이야. 선생님 말씀이 옳아. 치료에 집중하는 것이 맞아. 항상 응원한다.

03 약 처방을 확인하자

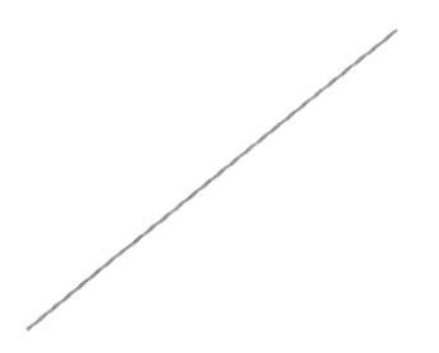

정신과 약을 바꿔가면서 나에게 맞는 약을 찾기까지는 시간이 걸린다. 병원에 다니면서 약을 늘려 아침 약 세 알, 자기 전 약 일곱 알을 먹는다. 그에 대한 종류는 이러하다.

웰부트린 엑스엘정(항우울제), 인데놀정(불안증세), 푸록틴캅셀(항우울제), 아빌리파이정(우울장애), 트리티코정(항우울제), 리보트릴정(항우울제), 마그밀정(변비약), 졸피 신경(수면제), 심발타캡슐(우울장애)이다.

처음에는 약이 많지 않았다. 대인기피증으로 불안을 느꼈다고 말했을 때, 인데놀정을 추가로 처방해 주었고 죽고 싶을 때마다 항우울제가 더 추가되었다. 어릴 때부터 변비가 있어서 변비약을 처방해 달라고 했다. 약에 대한 부작용으로 변비가 생긴다면 의사 선생님과 상담 후 약 처방을 받거나 약을 바꿔볼 수 있다. 밤마다 잠을 제대로 못 자서 수면제도 부탁드렸더니 포함해서 약을 처방해 주셨다.

항우울제가 추가되면서 약이 많아지니, 약을 이렇게 많이 먹어도 되는 건가 싶었다. 하지만 내가 당장 죽게 생겼는데 약이 많다고 해서 안 먹을 수가 없었다. 약을 먹고 우울증이 갑자기 확 좋아지거나 바로 낫는 것은 아니다. 때론 다시 우울의 늪에 빠질 수도 있다. 하지만 포기하지만 않는다면 효과를 볼 수 있다. 생각보다 천천히 좋아진다. 그리고 예약된 날짜가 남았어도, 바로 의사 선생님에게 가서 상담을 받을 수 있다. 나도 그런 적이 있어 전화를 드리고 가서 상담을 하고 나면 마음이 다시 차분해지곤 했다. 그리고 상황에 따라서 약이 추가될 때도 있었다.

희진 동생은 나와 같은 우울증이 있다. 병원비에 대한 부담과 '약을 먹으면 정말 나아질까?' 하는 의심으로 병원을 가지 못하고 있었다. 나는 희진에게 말한다.

"심리상담센터와 정신과 병원은 달라. 심리상담센터는 그야

말로 내 심리를 검사하고 치유하는 곳이고, 정신과 병원은 내 상황을 이야기하면 약을 지어줘. 병원은 심리상담센터가 아니라서 대략 10분~15분 사이로 상담해 줘. 어느 선생님을 만나느냐에 따라 달라. 그리고 금액은 정신과 병원이 더 저렴해. 물론 병원마다, 사람마다 금액은 달라. 내 경험으로는 한번 갈 때 병원에서는 진료비 6,800원이 나오고, 약국에서 2주 치 약을 짓는데 약값이 25,000원 정도가 나와. 그리고 약을 먹으면 천천히 나아져."

항우울제 복용에 대한 부담감 때문에 약을 중간에 끊는 경우도 있다. 처음에는 일주일에 한 번씩 복용한다. 일주일마다 약값이 나가는 부담감 때문에 약을 멈추는 경우가 있을 수 있다. 자신과 맞는 약을 찾기까지 시간도 걸리고 그사이에 지치기도 한다. 효과를 보고 싶다면 꾸준히 먹는 것이 가장 중요하다.

약을 사용하면서 불편한 부분이 있다면, 의사 선생님께 물어보고 약의 정보를 확인해야 한다. 예를 들어 "선생님, 이번에 지어주신 약 먹어보니 어지럼증이 생기는 것 같아요." 이런 이야기를 직접 해야 한다. 꼼꼼하게 반응을 살펴보며 약을 조정해가다 보면 나에게 맞는 약을 찾을 수 있다. 약에 대한 정보는 필수이다. 단, 약을 함부로 줄이면 재발할 우려가 크다. 약을 줄이고 싶다면 선생님과 상담하는 것이 좋다.

심리상담센터에서 1:1로 상담을 받는 것은 병원과 비슷하다. 상담하는 데 일정 시간이 필요하므로 전화 예약을 하고 가는 것이 좋다. 소요 시간은 상황에 따라 더 길어질 수도 있지만 보통 1시간에서 30분 정도로 생각하면 된다. 상담료는 상담센터마다 차이가 있기 때문에 개별적으로 문의를 해봐야 한다.
지방자치 단체에서 운영하는 정신건강복지센터는 무료 심리상담을 할 수 있다. 지자체에서 지정한 정신의학과 전문의와 상담이 가능하다. 이런 경우 대기 인원이 많아 3~4개월 이후에 상담이 가능한 경우가 많기 때문에 지역 정신건강복지센터에 문의하여 상담을 진행해야 한다. 기간의 여유가 있다면 이용해 보는 것도 좋다. 그리고 국가 예산으로 정신과 병원 진료비를 지원하는 경우도 있으니 잘 알아보고 혜택을 받아보기를 바란다.

나도 처음에 약에 대한 거부반응이 있었지. 진작 꾸준히 먹었으면 좋았을걸. 후회하지만 지금은 괜찮아. 꾸준히 먹고 있으니까. 선생님을 잘 만나서 약이 나에게 잘 맞아. 어느새 내 증상에 따라 약이 아홉 알이야. 지금은 꾸준히 먹는 게 중요해. 그래야 일상생활로 돌아갈 수 있어.

04 참는 것은 미덕이 아니다

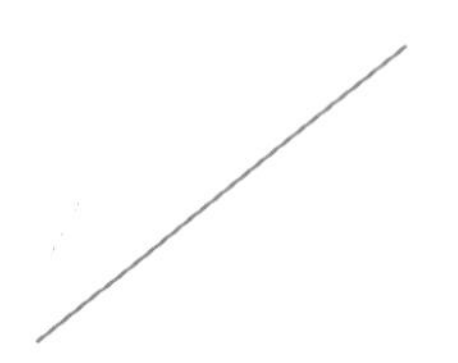

우울증 진단을 받은 뒤, 1년이라는 공백 기간이 있었다. '내가 무슨 우울증이야?' 라는 생각이 들었다. 나는 계속 피하기만 했다. 하루가 지나고, 이틀이 지나고...... 우울증을 참으며 치료 시기만 놓쳤다. 대인기피증 때문에 사람을 만나는 게 어려웠다. 낮에 카페 정도는 갈 수 있었으나 밤에는 그러지 못했다. 일상생활을 제대로 하지 못했다.

나는 무작정 남편을 밀어내며 나갔다.

2020년, 초여름 날씨가 무더워지던 날, 우울감이 극에 다다른 날이었다. 스물일곱 때 혼자 죽기 위해 부산으로 갔었다. 이번엔 실패하지 않고 꼭 끝내리라는 마음을 먹었다. 여느 때처럼 남편이 회사를 마치고 돌아와서 저녁을 먹고 은찬이를 재웠다. 나는 마음공부를 하기 전이었다. 마음에서 일어나는 감정은 '분노' 한 가지였다. 나 스스로 감정을 구별할 수 없었다. 왜 화가 났는지는 잘 모르겠다. 은찬이가 있으니 감정을 내 마음대로 표출할 수 없어서 무작정 집을 나왔다.

편의점에 들렀다. 맥주가 필요했다. 수입 맥주 4개에 만원... 급하게 나오느라 지갑을 놓고 왔다. 주머니를 뒤져보았더니 오천 원이 있었다. 나에게 4개 만 원짜리 맥주는 사치인가보다. 돌아 나와서 밤하늘을 올려다보는데 그날따라 세상 탓을 하고 싶었다. 왜 나에게만 힘든 일을 주시는지. 한숨을 쉬며 대형마트로 갔다. 평소 자주 사 먹었던 필라이트 맥주 900원. 나는 두 캔을 집어 들고 안주도 없이 그대로 밖으로 향했다. '그래, 내 인생 900원짜리 같다.' 부정적인 생각이 떠오르는 것은 나도 어찌할 수 없었다. 20분 정도 걸었다. 인천 터미널에서 아무 버스나 타고 도망치고 싶었다.

오후 11시. 야간 버스, 심야 버스도 이미 다 마감되었다. '가는 것도 마음대로 못 가는 구나.' 코로나 때문에 되는 일이 하나도 없다. 허탈했다. 다리에 힘이 풀렸다. 터미널 앞 공원 벤치에 앉았다.

헐레벌떡 남편이 쫓아 와서 옆에 앉는다.

"대체 왜 그러는 거야? 걱정했잖아."

"내가 여기 있는지 어떻게 알았어?"

"네가 평소에 어디 떠나고 싶다고 자주 말했으니까 알지!"

말이 나오지 않았다. 금방이라도 눈물이 나올 것 같아서. 나는 충동적으로 행동해서 죽으려 했다. 서러움이 밀려와 눈물이 쏟아졌다. 남편은 나를 안아주며 말한다.

"앞으로 마음이 아프면 차라리 나한테 말을 해. 혼자서 끙끙 앓지 마."

"모르겠어. 나도 왜 그러는지...... 마음이 힘들기만 해."

뭔가 서러움이 밀려왔고, 눈물이 왈칵 나왔다.

"미안해 전부......"

어릴 때부터 참는 게 미덕이라 배웠다. '누나니까 네가 참아야지' 주체할 수 없는 내 마음을 풀 수 있었던 것은 참지 않았기 때문이다. 남편 앞에서 감정을 폭발시킬 수 있다는 게 고마웠다. 미안하다는 말밖에는 떠오르지 않았다.

2020년 7월이었다. 남편과 함께 집 근처로 나갔다. 은찬이는 친정에 맡기고 주말 저녁을 같이 보내는 중이었다. 오랜만에 하는 데이트에 '무엇을 먹을까?' 행복한 고민을 하고 있었다. 불빛이 없는 컴컴한 골목길을 들어서니 불안해졌다. '괜찮아. 괜찮아.' 내 마음에 주문을 걸고 네온사인이 있는 밝은 곳으로 나왔다. 남편의 손을 잡고 있던 나는 땀 때문에 금세 손이 축축해졌다. 긴장감을 멈출 수 없었기 때문이다. 시원한 맥주 한 잔을 하고 싶었다. 옆을 돌아보니 K맥줏집이 있는 게 아닌가? 대인기피증이 있지만 가고 싶었다. 한 발자국 내딛는 순간 남자 무리 10명이 길가에서 일자로 우리를 향해 오고 있었다. 심장이 쿵쾅쿵쾅 뛰었다. 그 모습을 차마 볼 수 없어서 남편 뒤로 숨었다.

"많이 힘들어? 숨쉬기 힘든 것 같은데?"

술을 먹지 않고 집 주변을 한 바퀴 돌다가 멈췄다. 눈물이 주르륵 흘렀다. 감정은 격해졌다.

"나... 여태까지, 아무렇지 않은 척 살아왔나 봐. 이렇게 심장이 뛰는데... 사람들이 나를 해칠 것만 같아서 무서워 미치겠어."

"괜찮아. 집에 거의 다 왔으니까 조금만 더 견뎌보자."

나는 울면서 집에 갔다. 결국 우리가 선택한 건 편의점에서 맥주를 사서 집으로 가서 마시는 것이었다. 나에게는 세상이 공포였다. 공포를 이기려니 혼자서는 할 수가 없었다. 집에 도착해서도 한참을 울었다. 남편이 함께해주지 않았다면 정말 어떻게 되었을지 상상만 해도 아찔했다. 마음을 이야기할 사람이 있어서 다행이었다. 남편과 둘이 한잔하면서 내 증상에 대해 더 자세하게 말했다.

"지은아, 이제 좀 긴장이 풀렸어?"

"응. 이렇게 둘이 있을 때가 편해. 밖에 나가면 모르는 사람인데도 내 쪽으로 다가오거나 눈이 마주치면 위축돼."

"걱정이다. 널 두고 회사 나갈 때, 힘들어. 내가 옆에 있어 주면 좋을 텐데..."

"괜찮아. 내 내면에 이렇게 불안이 가득 차 있는지 몰랐어. 불안이 불안을 만들고 결국 일상생활에까지 지장을 주고 있네.

이러다가 나중에 집 밖에 한 발자국도 못 나가는 거 아니야?"

"그러게... 일상생활에 지장이 있으면, 우리 같이 정신과 병원에 가보지 않을래? 너에게 편견 있다는 거 알아. 하지만 몸을 챙기듯이 마음도 챙겨야 한다고 생각해."

나는 아무 말도 하지 못했다. 나만 참고 다시 용기 내서 살면 되니까. 그 결심이 왜 그렇게 힘들었는지. 아무것도 아닌데 말이다. 시간이 지나서 점점 사람들과 마주치기 어려울 정도로 상태는 나빠졌다. 호흡이 가빠지고 심장은 두근거렸다. 밖으로 나갈 일이 있으면 모자를 푹 눌러쓰고 마스크를 최대한 올리고 땅바닥을 보며 걸었다.

그러던 어느 날, 나는 병원을 가기로 결심했다. 여전히 불안하지만 이렇게 살다가는 내가 먼저 죽을 것 같아서였다.
그때 처음 정신과를 가서 나의 첫 정신과 의사 선생님을 만났다. 나는 초조해서 손톱을 뜯고 있었다. 불안하거나 긴장하면 온몸이 굳어버린다. 선생님은 일상생활이 가능하냐고 물어봤고 아니라고 말했다.

"대인기피증은 우울증으로부터 옵니다. 약물치료를 하지 않으시면 더 심해질 거예요."

그제야 조금씩 내 병을 깨닫기 시작했다. 선생님의 강력한 한 마디가 날 움직이게 만든 것이다. 참는 것은 미덕이 아니다. 마음이 아픈데, '의지로 이겨봐.' 라고 이야기하면 팔이 부러졌는데, 투철한 의지를 가지고 물건을 들어보라고 말하는 것과 같다.

일상생활이 힘들 정도로 많이 아팠구나. 그때는 몰랐었지. 마음이 아픈 것도 병이라는 것을. 다행이야. 이제 혼자 아파하지 않아도 돼서. 너를 먼저 돌보지 못해서 미안해. 네가 많이 아픈데도 애써 외면하며 살아왔기 때문에 병이 더 커졌어. 이제는 지은이 너를 제일 먼저 돌볼 거야. 네가 살아야 남편도 은찬이도 사랑해 줄 수 있고 돌봐줄 수 있으니까. 나 먼저 돌보기! 약속해!

05 우울증, 있는 그대로 받아들이기

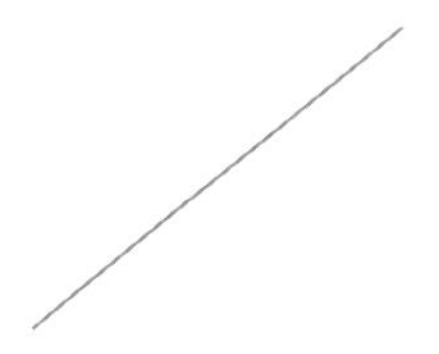

마음 챙김, 마음공부에 관한 글을 읽어보면 공통점이 있다. 나를 있는 그대로 받아들이고, 매 순간 나의 감정을 살피며 깨어있어야 한다. 내가 화를 내고 있으면 '화를 내고 있구나.', 내가 슬퍼하고 있으면 '슬퍼서 눈물이 나는구나.'를 그 순간에 알아차리는 것. 이것이 마음공부이다.

우울증도 마찬가지이다. 나는 짜증도 많고, 불만도 많고, 화도 많이 내는 사람이었다. 남편과 별일 아닌 것으로 싸우게 된다. 불안해서 미칠 것 같은 날이었다. 은찬이에게 눈물을 보이지 않기 위해 베개에 얼굴을 묻고 엎드려 있었다. 그만큼 참기 힘들었다. 감정이 격해져서 아무 생각 없이 오열하며 눈물을 흘리기 시작했다. 은찬이 눈을 바라볼 수 없었다. 남편이 은찬이에게 먼저 다가가 "엄마가 마음이 아파서 우는 거야. 놀래지 마."라고 말해주는 것이 들렸다. 시간이 얼마나 지났을까. 남편은 나에게 오지 않았다. 혼자 울고 있으니 외로이 밀려왔다.

"내가 아픈데 왜 자기는 나한테 안 오는 거야?"

내 눈썹은 올라갔고, 미간을 찡그렸다. 얼굴은 터질 듯이 빨갛게 달아올랐다. 목소리가 높아졌고, 신경질을 냈다.

"은찬이가 있잖아. 갑자기 왜 화를 내?"
"화 안 나게 생겼어? 나는 불안하고 아픈데?"

우울증이 오면 감정 기복이 심해진다. 죽을 것 같은 느낌. 남편한테 그대로 보여줄 수 없어서 답답하기만 했다. 그 당시에 나는 우울증을 있는 그대로 받아들이지 못했다. 누군가가 나를 찾아와 말을 걸어주기를 바랐다. 괜찮은 거냐고, 왜 그런 거냐고. 그러나 남편은 오지 않았고, 나를 무시하는 것 같은 느낌이 들어 화가 났다. 소리는 점점 커지고, 은찬이 앞에서 싸우는 엄마, 아빠가 되었다.

"은찬이한테 잘 설명하고 나한테 와도 되는 거잖아! 이제 대화가 되고, 엄마 아픈 것도 알잖아!"

"여기서 그런 말이 왜 나와? 당연히 은찬이한테 있어야지!"

우울증은 자기 자신과의 싸움이라더니. 여기서 흘러가는 내 감정을 보았을 때, '불안 → 슬픔 → 눈물 → 분노' 로 변하고 있음을 알 수 있었다. 불안이라는 감정 하나가 빠르게 변했다. 이럴 땐 베개에 머리를 숙이는 순간부터 나는 알아차렸어야 했다.

'아! 우울증이 왔구나! 나는 지금 불안해하고 있어!'

불안이 와서 내 마음을 요동치게 만드는구나! 불안을 느끼는 것도 내 감정이고, 슬픔을 느끼는 것도 내 감정, 분노를 느끼는 것도 내 감정이다. 나에게 일어나는 모든 감정은 나의 것이고, 그 자체가 틀린 것은 아니었다는 것을 알아차려야 한다. 스스로 알아차리고 알아줘야 한다. 그런데 남편이 내 감정을 알아차려 줄 때까지 싸운 거였다. 내가 내 마음을 알아주면 신기하게도 분노의 감정까지 넘어가지 않는다. 내가 알아차리지 못하고 순간적으로 올라오는 감정은 나를 더 불안하게 만든다. 지금까지 내가 살아오는 동안 가졌던 나의 감정과 생각의 패턴을 관찰해 보았다.

나의 감정 패턴 12가지

1. 무언가에 즐겁다고 느낀다.

▶ 이것은 감정이다.

2. 그래서 이 행복이 언제까지 갈까?

▶ 감정의 변화를 미리 생각한다.

3. 이러한 생각 때문에 순간 두렵다고 느낀다.

▶ 불안한 감정으로 바뀐다.

4. 실제로 외부 상황으로 인해 안 좋은 일이 생긴다.

▶ 이 과정에서 불행을 느낀다.

5. 문제의 상황을 받아들이기까지 짧게는 일주일, 길게는 한 달이 걸린다.

▶ 짜증 나고, 화나고, 죽고 싶다는 감정을 느낀다.

▶ 가족이나 친구가 내 감정을 판단할 때는 더 큰 화가 올라온다.

6. 제대로 일상생활을 이어나가기 어렵다.

▶ 많은 눈물을 흘리거나, 화를 내거나, 자살을 생각한다.

7. 감정에 대한 스트레스가 신체적, 정신적으로 나타난다.

▶ 두통, 불면증, 식욕 저하, 가슴 두근거림, 무기력, 우울증이 온다.

▶ 온몸으로 스트레스를 받으며 괴로움의 감정을 느낀다.

▶ 참고, 참고, 참다가 못 버틸 것 같으면 자살시도를 한다.

8. 몸의 에너지가 없어서 침대에서 일어날 수 없다.

▶ 지쳐서 말이 없어지고, 잠을 12시간 이상 몰아서 잔다.

9. 조금씩 몸이 회복되기 시작한다.

▶ 한 번에 폭식한다.

10. 폭식으로 감정을 해소를 한다.

▶ 천천히 문제 해결에 대해 생각한다.

11. 문제 해결이 되면 겨우 한숨을 돌린다.

▶ 다시 안 좋은 일이 생길까 봐 불안한 감정이 생긴다.

12. 나는 무엇을 하면서 살아야 하는지 생각한다.

▶ 더 이상 불안한 감정을 버틸 에너지가 없다.

▶ 무언가를 도전할 수 있는 것을 찾기 시작한다.

▶ 다시 1번으로 돌아가서 무한 반복이다.

8년간 나를 지켜보던 남편은 나에게 말한다. “이렇게 사는 건 정말 너무 힘들어.” 지켜보는 남편도, 이 모든 것을 경험하는 나도, 지쳐만 갔다. 열네 살부터 1번에서 12번의 감정 변화를 반복하며 21년 동안 지내고 있다.

5번에서 7번까지 가는 시간이 1분도 채 되지 않는다. 처음부터 그랬던 건 아니지만 너무 오랜 시간 동안 우울증이 방치돼서 그런 것 같다. 지금은 나 스스로 감정 인지를 할 수 있도록 연습하는 과정 중에 있다. 감정은 없애는 것이 아니라 있는 그대로 받아들여야 한다. 아이러니하게도 순간적으로 내 감정을 인지하면 5번에서 감정이 오래가지 않았다.

나 스스로 감정을 알기 어려운 이유가 있었다. 어린 시절 나의 부모님은 내 감정을 표출하지 못하게 했다. 자유롭고 욕심도 많았던 나는 그렇게 서서히 병들어갔다. 이러한 사람이 성인이 되면 어떠한 일이 생길까? 속상함, 즐거움, 슬픔, 불안, 두려움, 공포, 우울 등 모든 감정이 '분노' 하나로 집중되어 느껴진다. 사실, 이 세상에는 많은 감정이 있는데, 이런 감정들이 분노로 뭉쳐져 감정 자체를 구별하지 못하는 사람이 된다. 하지만 분노 안에는 진짜 나의 감정이 숨어있다. 알록달록한 여러 가지 감정...
진짜 내 감정을 찾는 연습이 필요하다. 최근에 어떠한 일로 분노의 감정을 느꼈다. 그리고 진짜 감정은 '속상함' 이었다는 것을 알았다. 때론 죽고 싶다가도 때론 살고 싶기도 하다. 변화되는 여러 가지 감정 속에서 우울증으로 살아가기란 쉽지 않다. 우울증이 비록 나를 아프게 할지라도 그렇게 살아가는 삶이, 나의 감정과 마주하고, 나에 대해 알아가는 시간인 것은 분명하다.

우리의 일상에 만성화되거나 더 심화된 우울증이 나타나기 전에 우리가 할 수 있는 것은 바로 '나와 너'를 연결하는 목소리이며, 내 안에 숨어 있는 다채로운 색깔을 마주하고 그것을 전달할 수 있어야 한다고 한 위서현 교수의 말이 생각난다.

> "첫 번째 목소리는 자기 침묵을 깨고 감정을 말하는 목소리입니다. 이것은 나의 감정을 발견하고, 느끼고, 상대방에게 전달하는 목소리입니다. 내가 우울이라는 이 작은 상자에 가둬놓은 내 감정이 온통 회색빛인 줄 알았는데 그 얇은 장막을 걷어 내고 보니, 때로는 새빨갛고, 때로는 짙푸르고, 때로는 샛노란 감정이 하나도 죽지 않고 이렇게 살아있었노라고 전달하는 목소리입니다."[4]

나에게도 여러 가지 색깔의 감정이 있다는 것을 나중에야 깨달았다. 그 자체는 좋은 것도, 나쁜 것도 아닌데, 그 사실을 깨닫지 못했기 때문에 많이도 힘들었었다. 나의 감정들이 있는 그대로 받아들여졌더라면 얼마나 좋았을까? 태어날 때 내가 가지고

---

4) 출처 : 세바시 강연(1103회), (2019. 10. 30.), "우울에 대처하는 방법"(위서현 교수), 〔비디오파일〕, https://www.youtube.com/watch?v=6ot9thkRhFw

태어난 알록달록한 감정들이 어쩌다 모두 회색빛으로 가려졌을까? 지금까지 알아차리지 못한 나의 감정을 지금부터라도 알아봐 주어야겠다. 그건 나만이 할 수 있는 일일 테니까.

지금까지 가장 많이 변하게 된 부분이지. 내가 분노 안에 숨어 있는 진짜 감정을 찾게 되니까 많은 부분이 바뀌었지. 일주일에 한 번씩은 싸웠던 우리. 내가 변한 후에 가정은 더 행복해졌어. 나의 감정을 있는 그대로 받아들이는 것은 참 중요한 것 같아. 인간이라면 누구나 있는 감정을 표현하는 것에 대해, 힘들어하지 않고 자연스럽고 아름답게 드러내 전달할 수 있어. 네가 그렇게 자유로운 마음이 되길 응원할게.

06 블로그에 우울증 일기 쓰기

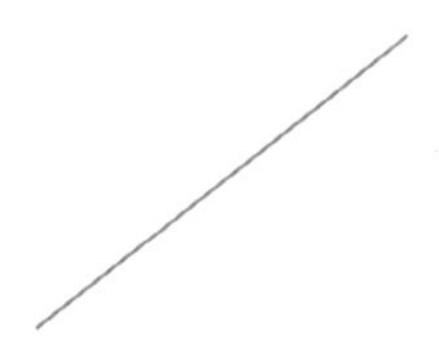

네이버 블로그 계정을 하나 만들어 부정적인 감정과 생각을 쓸 수 있는 공간을 마련해두는 게 좋다. 팬 중에는 미성년자가 있다. 나에게 댓글로 이야기한 글이 몇 개 있다.

> "어두운 이야기를 쓰고 싶은데 부모님이 감시해서 못 쓰고 있어요. 그래서 헤바님이 부러워요." (*헤바는 온라인에 사용하고 있는 내 닉네임이다*)

나는 블로그 계정을 하나 더 만들어서 쓰라고 했다. 그리고 생각보다 이렇게 실행하는 친구들이 많다. 죽고 싶은 마음을 표현도 못 하면 진짜 죽으라는 소리밖에 되지 않다. 그만큼 우울증을 앓고 있는 사람들에게는 자신의 감정과 생각을 표현할 수 있는 사람이나 그런 통로가 없어서 괴롭고 힘들다. 오프라인이 힘들면 온라인에 그런 장소를 하나쯤 만들면 내가 힘들 때 가서 가면을 벗고 편안하게 나를 표현할 수 있다. 그 순간만큼은 쉴 수 있다. 감정이 다 해소되면 다시 일상으로 돌아온다. 앞에서 말한 심리적 안전기지가 있어야 한다는 의미일 수도 있다. 편안하게 이야기할 수 있고 받아들여질 수 있는 곳 말이다.

내 블로그에 올린 어두운 글 138개 중, 한 개의 마음을 보여주려고 한다.

2021년 8월 12일.

죽음을 생각하지 않으려 해도 극단적인 선택을 시도했던 내 모습이 가끔 떠오른다. 외상 후 스트레스일까? 그럴 때마다 요즘에는 빠르게 기분 좋은 상상으로 바꿔본다. 내 현실이 바뀌는 모습으로. 누구보다 내가 변하기 바라는 마음으로 하루를 살아간다.

기분에 따라서 생각은 블랙홀로 빠져든다. 오늘은 글 쓸 때 생각이 났다. 책을 쓰고 있는데 자살 시도한 기억을 안 떠올릴 수가 없기 때문이다. 나는 극복하고 싶다. 어떻게 해야 이 상황을 잘 넘길 수 있을까? 내일이나, 다음 주 화요일에 정신과 병원에 방문할 생각이다. 어떤 선생님과 만나게 될지는 모르지만 오늘 생각한 내용에 대해 꼭 물어보고 싶다.

내면의 이야기를 오랜만에 하는 것 같다. 그만큼 정신없이 살아온 것일 수도. 그것이 비록 잠으로 들어가는 것이지만 나는 회피하는 성격도 가지고 있다. 뭔가 복잡하거나 불안할 때 피하고 싶어진다. 우울증에 대해 알고 나서 내면의 마음을 알려고 노력도 했던 것 같은데 요즘에는 그게 왜 잘 안될까? 일에 집중하고 있어서 그런 것 같다. 나는 한 가지를 생각하면 다른 것은 생각하지 못한다. 이게 좋은 건지 나쁜 건지 모르겠지만, 나의 장점이자 단점이라고 해두자.
아무튼 내가 스스로 극단적인 선택을 하지 않아도 사람은 언젠간 죽는다. 내가 이 세상에서 사라지는 생각만 해도 무섭다. 겁쟁이가 자살 시도라니. 어울리지 않는다. 정말. 내 블로그 검색어를 보면 '자살 후기' 라는 단어가 많다. 그만큼 죽고 싶은 사람이 많다는 소리다. 방문자들이 댓글을 써주면 소통하고 싶은데 글만 읽고 그냥 가는 것 같다. 용기가 없었겠지. 나도 몰래 검색했었던 적이 있다. 누군가에게 털어놓기 힘든 말이었다는 거 안다.

죽고 싶은 마음이 생겨난다는 건 그만큼 삶에 대해 지쳐있다는 거다. 나도 지쳐있지만 지친 만큼 글로 해소하는 것 같다. 이러다가 죽고 싶으면 '죽고 싶어요.' 라고 쓰고, 댓글로 위로를 받는다. 처음에는 내가 내 목숨을 끊는다는데 왜 모르는 사람들이 나에게 그렇게 살아야 한다고 하는지 알 수가 없었다.. 나라는 사람은 참 소중한데 내가 왜 그랬을까?

잊을 만하면 나오는 죽음에 대해 오늘은 조금은 깊이 생각해 본다. 오늘을 최선을 다해서 살아가는 게 죽음 앞에서 할 수 있는 일인 것 같다. 천천히 집에서 나와 카페에서 글을 쓰고 있지만 가끔은 놀고 있는 느낌도 든다. 작가라는 느낌이 나지 않는다. 그런데 자살에 대한 글을 쓸 때만큼은 작가라는 생각이 든다. ? 이유는 나도 모르겠다. 참 이상한 성격이다.

우울증 일기에 내 마음이 가는 대로 쓰는 것이 좋다. '누가 보면 어쩌지?' 이런 마음이 든다면 비공개로 설정해서 쓰면 된다. 나는 처음부터 비공개로 쓰지 않았다. 처음부터, 소통할 수 있는 사람이 있다면 좋겠다는 마음으로 전체 공개로 썼다. 그 덕분에 어두운 글을 있는 그대로 봐주는 사람들이 생겼다. 눈치 보며 쓰지 않아도 된다. 솔직하게 이야기하는 게 가장 중요한 포인트다. 컴퓨터 작업이 싫고 연필로 쓰고 싶다면 그렇게 해도 된다. 내 마음이 해소가 되는 것이 중요하다.

살고자 하는 마음이 강했기 때문에 지금까지 온 거야. 죽고 싶은 마음이 가끔 들긴 했어도 내가 하고자 하는 말을 잘 들어주면 해소가 돼. 눈치 많이 보는 네가 눈치 보지 않고 글을 쓴 것에 대해, 나는 많이 발전했다고 생각해. 그게 바로 너야.

07 내 가족이 우울증이라면

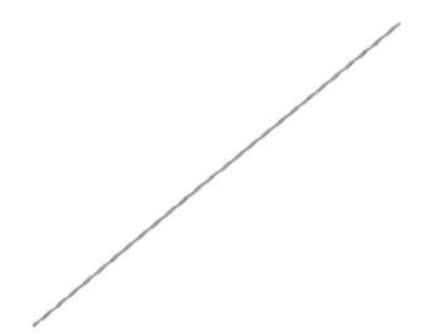

내 보호자는 남편이다. 우울증, 참 몹쓸 병이다. 나만 고통스러운 게 아니라 가족까지 같이 고통스럽다. 나를 어떻게 대해야 할지 모르는 게 보였다. 나도 나를 파악하기가 힘들었는데 가족은 얼마나 더 당황했을지 짐작도 하지 못한다. 아마도 우울증에 대한 지식이 부족해서 일 테다. 내 병에 대한 반응은 두 가지였다.

병에 대한 말을 아예 입 밖으로 꺼내지 않았다. 아무 일도 없던 것처럼 평소와 똑같이 지냈다. 또한 우울증이 대수롭지 않은 것처럼 얘기해서 나에게 상처를 주었다. 우울감이 아니고, 우울증을 진단을 받았을 때, 처음부터 같이 봐왔던 사람은 남편이다. 주변을 둘러봐도 정신과를 다니는 사람은 없었다. 내가 처음이라 나도 어떻게 하면 좋을지 몰랐다.

남편도 마찬가지로 가족이 우울증에 걸린 것에 대한 경험은 처음이었기 때문에 많은 시행착오를 겪었다. 내 분노와 슬픔, 감정을 하루에도 열두 번씩 변하는 나를 감당하기란 어려웠을 거라 생각된다. 내 병으로 인해 남편도, 가족도, 당황스러웠고 고생도 많이 했다. 나의 경험을 바탕으로 독자분들에게 조금이나마 도움을 주고 싶다.

만약 내 가족이 우울증이라면 어떻게 하면 좋을까?

첫째, 최대한 이야기를 많이 들어 준다.

우울증은 마음의 병이다. 나 같은 만성 우울증은 치료 시기를 놓친 상태이다. 어렸을 때부터 성인이 되기까지 마음을 보듬어주는 사람이 없었다. 이럴 때 이야기를 들어주는 가족이 있으면 든든하다. 그런데 생각보다 처음에는 데면데면 해지기 때문에 내 이야기를 진심으로 들어주는 건지, 병 때문에 어쩔 수 없이 들어주는 건지, 나는 다 알 수 있었다. 가족이 서로 각자의 일을 하고 있기 때문에 퇴근 후 들어오면 졸기 바쁘다. 이해는 하지만 내 마음속에 가족으로부터 응어리져 있는 것을 풀려면 진심 어린 들어주기가 필요하다. 그것만으로도 힘이 된다.

"나… 우울한데 내 얘기 좀 들어줄 수 있어?"

이제는 눈빛부터 달라진다. 전에 같으면 '또 시작이다.' 라고 생각했지만, 요즘은 '그래. 다 말해봐. 다 들어줄게.' 이런 생각을 한다고 한다. 가족이 달라지면 우울증 환우도 작은 희망이 보인다. 비록 극단적인 선택을 했었지만 내가 이렇게 글을 쓰며 살아가는 것도 남편이나 병원 의사 선생님처럼 내 이야기를 들어주는 사람들이 있기 때문이다.

둘째, 함께 있어 준다.

우울증은 시한폭탄 같다. 마음이 괜찮다가도 언제 벼랑 끝에 몰릴지 모른다. 누군가가 함께 있어 줘야 한다. 사실 나는 이 부분이 가장 아쉽기도 하다. 남편, 엄마, 아빠, 다 일을 하기 때문에 그 누구도 내 옆에 없었다. 퇴근 후에는 함께 있었지만 저녁 7시 30분 이후이다. 그사이 내가 극단적인 시도도 하고, 자해 시도도 했다. 이런 일이 생기지 않도록 함께 있어 주면 무서운 마음이 덜 할 것이다. 어린아이처럼 조르게 된다. 여건이 된다면 가족 중에 어느 한 사람은 같이 있어 주는 게 맞지 않나 싶다. 그래서 나는 나에게 맞는 정신과 병원을 찾기 위해 더 노력했을지도 모른다.

나는 살고자 하는 마음도 강했기 때문에 허벅지 꼬집어 가면서도 그 아픈 시간을 혼자 견뎌 내었다. 남편은 친구들도 만나지 않고, 칼퇴근을 했다. 오로지 나를 위해서다. 그 노력은 내가 더 잘 알기 때문에 함께 있어 주었던 짧은 시간이라도 나는 소중하게 여겼다.

셋째, 시간을 내어 같이 병원 또는 심리상담센터에 함께 가준다.

가장 중요한 점이다. 처음 병원에 혼자서 가려고 하면 가기 싫어진다. 병원에 따라 다르지만, 요즘은 주말에도 진료를 한다. 나 같은 경우는 그랬다. 원래 평일에 다녔었는데 남편과 같이 병원에 다니기 위해 진료를 주말로 옮겼다. 내 상황을 눈으로 가족이 직접 봐야한다고 생각한다. 진료실에는 같이 들어가지 않지만 표정, 기분, 이런 것들을 볼 수 있기 때문에 같이 가야 한다. 그리고 정신과의 분위기가 어떤지, 다른 사람들은 어떤 표정으로 오는지 볼 필요가 있다. 몸이 아프면 같이 병원에 가지 않는가! 마음이 아픈 것도 똑같다. 같이 내원하고, 어떤 약을 먹는지, 시시콜콜 대화를 할 수 있어야 한다.

넷째, 기회를 만들어서 활동을 하게 한다.

우울증에 관련된 글을 찾아보면 운동하라는 말이 빼놓지 않고 나온다. 그러나 실제로 의사 선생님을 만나러 갔을 때는 운동하라는 말을 한 번도 들어본 적이 없다. 당연히 우울증 환우는 움직이지 못한다. 안 하는 게 아니라 못 하는 거다. 운동을 스스로 할 정신이면 만성 우울증이겠는가? 지금껏 계속 말해왔지만 삶의 의욕이 없기 때문에 누워만 있게 된다.

남편은 나를 어떻게 해야 조금이라도 밖에 나가게 할 수 있을까 생각했다고 한다. 이집트에서 남편을 만났을 때, '시샤(물담배)'를 체험한 적이 있었다. 문득 이 생각이 났다고 한다. 나를 위해 없는 돈을 탈탈 털어 전자담배를 사주며 밖으로 데리고 나갔다. 나는 왜 이런 걸 사 오냐며 짜증을 냈다. 담배도 안 피우는 사람한테 담배를 주다니, 어이가 없었다. 그러나 '시샤' 랑 비슷한 느낌을 받았고, 남편과 같이 있을 때면 이집트에 있는 것 같았다. 그 추억으로 한 발자국씩 세상 밖으로 나오기 시작했다. 별로 좋지 않은 방법이라는 거 안다. 이 내용을 써야 하나 말아야 하나 고민도 수백 번 했다. 전자 담배를 사주라는 게 아니라 환우를 데리고 어떻게든 밖으로 나갈 구실을 만드는 것이 중요하다는 말을 하고 싶다.

다섯째, 같이 할 수 있는 취미를 찾아본다.

평소 아기자기한 것을 좋아해서 소품 가게를 여는 것이 꿈인 적도 있었다. 모든 의욕이 꺾였지만 남편과 같이 뭔가를 하고 싶었던 마음은 변함이 없었다. 같이 할 수 있는 일들을 찾아보다 '슈링클스' 라는 레진 공예를 시작했다. 남편이 회사에서 돌아오고 은찬이를 재우면 시작이다. 밑그림을 그리고 색을 칠해서 레진을 입히고 오븐에 구우면 완성이다. 매일 작품을 만드는 그 시간이 기다려지기도 했다. 평소 관심이 있던 것이나 해보고 싶었던 것이 있었다면 가족과 같이 해보는 것이 좋다.

같이 있어 주지 않아서 속상했어. 나를 살려달라고 아무리 소리를 질러도 아무도 내 편이 아닌 것 같았어. 남편이 변하기 시작했고 나도 변하기 시작했어. 나도 힘든데 옆에 같이 있는 사람이라고 어찌 안 힘들겠어? 그래. 잘했어. 그렇게 손을 내밀어 보는 거야. 세상에는 나를 향해 손을 내밀어주는 사람이 생각보다 많아. 혼자 애써 모든 걸 해결하려고 하지 마.

08 폐쇄병동 입원하기

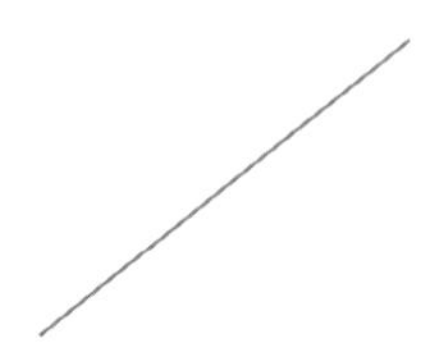

자살 시도를 했거나 자해의 횟수가 늘어나게 되면 병원에 방문해야 하는 것이 맞다. 그러나 병원에서 약물치료를 해도 계속 나아지지 않는다면 폐쇄병동에 입원을 고려해 보는 것도 괜찮다. 폐쇄병동은 보호병동이라고도 부른다. 흔히들 언덕 위의 하얀 집, 혹은 미친 사람만 모여 있는 곳이라고 생각할 수 있다. 하지만 직접 가보면 우리가 생각하는 그런 곳이 아니라는 것을 알 수 있다.

드디어 병실에 왔다. 방은 여러 개가 있는데 4인실이 있고 6인실이 있었다. 좋은 곳에 방 배정이 되었는지 이슬 언니가 이렇게 말한다.

"여기는! 호텔급이야! 다른 곳은 시끄럽고 매일 같이 전쟁이야!"

호텔급은 그만큼 방이 조용하다는 뜻이다. 나는 입원하기 전, 방 배정 때문에 걱정을 했다. 다행히도 좋은 사람들을 만날 수 있었다. 이번만큼은 운이 좋다고 생각했다. 점심을 먹고 네일아트 필기시험공부를 했다. 이 당시에는 작가가 아닌 네일아트 자격증을 따야겠다고 생각했기 때문이다. 5일 하고 하기 싫어서 그만두었다. 역시 나는 뭔가를 쉽게 그만둔다. 그리고 잠을 잤는데 내가 코를 골았다고 했다. 같은 방 사람들에게 조금 미안했다. 티브이도 있지만 재미가 없어서 잘 보지는 않았다. 사회복지사가 와서 요일마다 각 시간별로 프로그램을 진행하는데 정신교육, 요가 하기, 노래방 즐기기, 페이퍼토이, 영화 보기 등이 있다. 둘째 날은 주말이라 노래방에 들어가서 노래를 들었다.

입원해서 좋았던 점은 여러 가지 프로그램이 있어서 소소하게나마 새로운 경험을 할 수 있다는 것이 좋았다. 그리고 혼자 있거나 생각이 많아지는 시간이 줄어서 기분이 크게 다운되지 않는다는 것도 장점이었다. 집에 있으면 아무래도 가족들을 챙겨주어야 하니 살림을 해야 하고, 그것을 제대로 해내지 못하는 내 모습 때문에 죄책감을 느끼곤 하는데, 병원에서는 신경 쓸 일 없이 지낼 수 있어 마음이 좀 더 편했다. 내가 좋아하는 일을 할 수 있다는 것도 좋았다. 글을 쓰면서 나 자신을 돌봐주었다. 그리고 같은 병으로 고생하는 사람들과 대화를 나눌 수 있었다는 것도 좋았고, 서로 공감해 주고 서로에게 의지할 수 있어서 좋았다.

내가 경험한 바로는 폐쇄병동이라고 해서 다른 병원들과 별반 다를 것이 없었다. 그냥 평범했다. 모두 사람 사는 세상이라 어디를 가든 아픔도 있고 고통도 있고, 즐거움과 행복도 있었다. 동전의 양면과 같은 것이 인생이니까. 나는 말하고 싶다. 정신과 병원은 미친 사람이 오는 곳이 아니라, 마음이 아픈 사람이 오는 곳이라고.

폐쇄병동에서는 반입이 되지 않는 물품들이 있다. 예를 들면 연필, 펜, 유리, 스프링 노트, 휴대전화, 줄 등 자해나 자살 도구로 사용될 위험이 있는 물품은 반입금지다. 가끔 나는 보호실에서 펜을 빌려 일기를 쓰곤 했다. 매일 아침마다 운동을 하고, 운동이 끝나면 수간호사가 와서 오늘의 기분은 어떠냐고 물어본다. 병원에서 쓴 일기를 공유하려 한다.

2020년 11월 26일

조금은 우울하지만 그럭저럭 괜찮은 날이다. 내가 밖에 나가서도 이러한 기분을 유지할 수 있을지 걱정이 된다. 그러나 딱 한 가지 중요한 사실을 알았다. 내 주변에는 생각보다 나와 같은 아픔을 가지고 있는 사람이 많다는 것이다. 누군가가 폐쇄병동에서 생활한 것이 후회되냐고 물어본다면 아니라고 대답할 것이다. 오히려 마음이 편해진 곳을 찾아서 다행이라고 말해주고 싶다. 여기는 '누군가와 함께' 라는 말이 잘 어울리는 곳 같다.

2020년 11월 27일

집에서의 생활이 어려운 이유는 소속감이 없어서이다. 병원에서는 나를 '오지은' 이라고 부른다. 이름에 대한 힘은 막강하다. 마치 아이에게 있어서 부모의 존재가 우주와 같듯이 말이다. 죽고 싶은 생각은 사라진 걸까? 숨은 걸까? 표현하면 안 되는 거라고 인지를 한 걸까? 아니면 죽고 싶은 게 아니라 살고 싶은 걸까? 나도 내 소속이 있었으면 좋겠다. 마음이 잘 맞는 사람을 만났으면 좋겠다. 오후 3시쯤, 갑자기 죽고 싶어서 수간호사님께 면담 신청을 했다. 은찬이를 생각하라면서 위로를 해주셨는데 사실, 귀에 들어오지 않았다.

2020년 11월 29일

보호실에 갔다. 수간호사에게 말했다.
"선생님, 울고 싶은데 울 곳이 없어요."
"그럼, 여기 안에서 실컷 울어 보세요."

내가 처음 들어왔던 작은 독방으로 안내해 주셨다. 눈물이 흐르기 직전에 말했던 터라 들어가자마자 침대에 앉아서 울기 시작했다. 30분 동안 목 놓아 울었다. 같은 병실 언니들이 나를 걱정했다고 한다. 병실에서 언니들을 마주치자마자 2차로 울었다. 죽고 싶다는 말을 들은 원장님은 나에게 항우울제를 더 추가해 주셨다. 내 상태를 지켜보고 바로 약을 변경할 수 있어 좋았다.

2020년 12월 4일

아무나 붙잡고 내 이야기를 하고 싶었다. 사회복지사님께 죽고 싫다고 말하니까 따로 면담을 하자고 했다. 어렸을 때 있었던 일을 말하기 시작했다. 선생님은 나와 비슷한 가정사를 가지고 있었다며 마음으로 공감을 해주셨다. 내 이야기를 듣다가 눈시울을 붉히시기도 하셨다. 사회복지사님은 번지점프 이야기를 하셨는데 공감이 갔다. 높은 곳에서 뛰어내리면 어떤 기분일지 궁금해서 번지점프를 하고 싶었다는 이야기였다. 사실 나도 그랬다. 나랑 같은 생각을 한 사람을 처음 만나 보았다. 마음으로 들어주셔서 진심으로 감사했다.

사실 비용이 걱정될 수도 있다는 것을 알고 있다. 하지만 내 마음이 건강하지 않다는 것은 적신호이다. 발이 부러져서 입원을 해야 한다면, 하는 게 맞고, 마음이 아파서 입원을 해야 한다면, 하는 게 맞다. 나도 처음엔 선입견이 있었는데 입원하고 나서는 선입견이 다 무너졌다. 남편이 어느 날 나에게 질문했다.

"또 입원하라고 하면 안 할 거지?"
"아니. 나는 또 할 거야, 그때처럼 마음이 너무 아프면. 내 마음 챙김이 먼저니까."

사람이 항상 자기 자신만을 위해서 살 수는 없다. 하지만 이렇게 우울증이 심해져서 고통스러운 상태는 응급상황이다. 이런 상황에서 내가 다른 사람을 보살필 수 있을까? 주변 사람들에게 도움을 주는 삶을 살 수 있겠는가? 빨리 내 몸부터 추스르고 일어나야 이타적인 삶도 가능할 것이다. 단지 나만을 위한, 이기적인 삶이 인생의 목표가 될 수는 없다. 그러나 응급상황이라면 그 사람을 살리는 것이 우선이라는 의미이다. 치료를 하고 다시 건강해진 모습으로 일상을 살 수 있고, 사회를 위해 내가 할 수 있는 부분들을 하고, 어려운 사람들을 도와주는 삶을 사는 목표를 가졌으면 좋겠다. 보다 의미 있는 삶을 위해, 지금 만약 아프다면 나를 먼저 돌보길 바란다.

처음에는 두려웠는데 결정하고 나니 별거 아니었어. 내 선입견이 내 병을 더 키운 거야. 일상생활이 어려울 정도로 힘들 때는 주변 사람들이 나를 챙겨 줄 수 없기 때문에 집에서 불안해하기보다 나를 챙겨줄 수 있는 병원이 더 나을 수 있어. 그 덕분에 이렇게 글을 쓰고 있으니 다행이지 않니?

09 들어줄 사람 필요해?

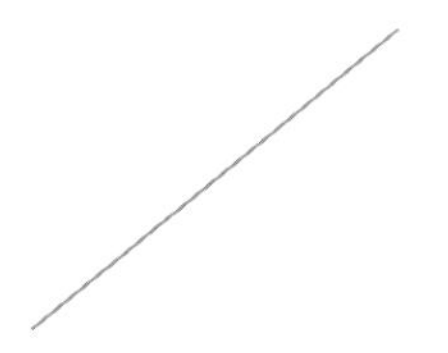

우울증이 있는 사람과 대화를 나눠보고 싶었다. 환우와 이야기할 수 있는 폐쇄병동이 나를 답답하지 않게 해주었다. 같은 병실에 있는 사람끼리 매일 대화를 나누었다. 지영 언니가 내 손을 잡으며 말했다.

"지은아! 그래. 울고 싶으면 실컷 울어. 여기서는 마음대로 울 수 있어."

"죽고 싶은데 어떻게 해야 할지 모르겠어."

"마음속에 있는 응어리를 다 안 풀어서 그래. 여기서 실컷 울고 가야 밖에서 은찬이도 챙기고 그러지. 안 그래?"

'맞아. 내가 여기 온 건 마음에 있는 거 다 토해내고 싶어서야.'

이 말은 평생 잊지 못할 거다. 그렇다. 나는 위로를 받고 싶었던 거다. 차가운 세상에서 살다 보니 따뜻한 위로가 필요했다. 마음이 다쳐서 왔기 때문에 어쩌면 더 관심이 필요했을지도 모른다. 지영 언니를 만나서 다행이었다. 나는 사람을 좋아한다. 사람에게 상처받은 것을 사람으로부터 치유 받고 싶다.

만약 당신이 우울증인 것 같다고 생각한다면 블로그에서 나에게 말을 걸어도 좋다. 답답한 일이 생기면 소통할 누군가가 있다는 것만으로도 알게 모르게 의지가 될 수 있다. 혹은 메일로 소통해도 된다. 친동생이 극단적인 시도를 해서 나에게 어떻게 해야 할지 모르겠다고 댓글 상담을 요청한 사람도 있었다. 그 이후 몇 차례 더 극단적인 시도가 있었다고 했다. 나는 폐쇄 병동에 일주일이라도 입원하는 게 가장 안전한 방법이라고 말했다. 나도 그랬으니까.

죽고 싶다는 이야기를 누군가에게 터놓고 싶었다. 그럴 사람이 없어서 나도 마음으로만 간직하고 있었다. 하지만 병 앞에서는 참는 게 아니다. 누누이 이야기하지만, 만약 자신이 우울증인 것 같으면 병원에 가서 진료를 받는 것이 중요하다. 의사 선생님이 말을 잘 들어주시지만 매일 선생님을 만나러 갈 수는 없다. 그래서 나는 블로그에 글을 쓰고 댓글을 보며 미소 짓기도 했고, 소통하며 위로받기도 했다. 오지은이라는 사람이 있으니까 이제는 걱정하지 않아도 된다. 나는 심리상담가나 전문가는 아니다. 전문적인 지식을 원한다면, 원하는 것을 제공할 수 없을지 모른다. 하지만 최소한 공감과 위로는 해줄 수 있다.

내가 겪어 보니 상담은 잘 들어주고 공감해 주는 것이 중요하다. 죽고 싶은 마음, 자기 비하, 죄책감이 한가득인가? 이 글을 읽고 자신에게도 답답한 부분이 있다면 나와 소통해 보기를 바란다.

초등학교 5학년 때, 내가 좋아하던 선생님이 있었다. 매일 일기장 검사를 하셨다. 나는 일기를 대충 쓰지 않았다. 선생님에게 하고 싶은 말이 있으면 당당하게 일기로 소통하려고 노력했다. 선생님은 내 마음을 아셨는지 일기 맨 밑에 빨간 글씨로 위로의 메시지를 써주셨다. 나는 그때의 마음이 아직까지 생각난다. 힘들면 힘들다, 아프면 아프다, 즐거우면 즐겁다, 이 모든 감정들을 선생님은 다 받아 주셨다. 선생님이 나에게 하셨던 것처럼 이제는 나도 사람들을 위로하고 그들의 감정을 읽어주고 싶다.

이 책을 읽고 있는 독자 중에 그 누군가가 나와 공감하고 있다면 나는 기분이 좋을 것 같다. 그리고 우울증에 대한 고민과 사연을 보내주면 더욱 행복할 것 같다. 같이 소통하는 재미가 있다. 내 말이 다 맞는 건 아니지만 함께 대화해 주고, 자신의 이야기를 들어줄 사람이 필요한 누군가에게는 큰 위로가 될 것이다. 나는 주변 친구들이, 이야기해 주는 것보다 내 이야기를 귀기울여 들어주는 모습이 더 좋다. 섣부른 판단을 하지 않는 것도 좋고, '이랬구나! 그랬구나!' 하며 마음을 읽어주면서 소통하는 것도 재미있다.

한 사람이라도 더 도울 수 있다면, 나는 기꺼이 그들의 이야기를 들어주고 싶다. 이 책을 집필한 이유도 그런 통로를 만들기 위해서이다. 많은 사람들의 사연도 들어보고 싶고 다양한 우울증 이야기도 들어보고 싶다. 나라면, 충분히 할 수 있지 않을까?

아무에게도 말할 데가 없을 때 진짜 답답했는데...... 블로그에 글을 쓰고, 책을 내기 위해 글을 쓰다 보니 어느새 나와 소통하는 사람들이 생겼어. 새로운 삶이 열리는 기분이야. 새로운 것을 경험한다는 것은 언제나 설레는 일이지. 앞으로의 너의 삶을 응원해.

Epilogue
마치는 글

"나는 오히려 우울증을 주변에 알리고 나서 더 행복해졌다"

오늘도 병원에 간다. 처음과 다르게 다른 사람 눈치는 보지 않는다. 글을 쓰는 중에 인천에서 서울로 이사했다. 아직 병원을 찾는 중이다. 새로운 병원을 갈 때, 처음부터 다시 선생님에게 내 이야기를 해야 하는 것이 조금은 귀찮은 일이다. 하지만 솔직하게 현재의 내 마음을 이야기한다. 숨김없이 말해야 나와 맞는 약을 찾을 수 있다. 아니면 다니던 곳에서 환자 보관용 처방전을 달라고 하면 된다. 새로운 곳에서도 똑같은 약을 처방해 주기 때문이다. 똑같은 약이 없다면 비슷한 다른 약을 처방해 주기도 한다.

예전에 나는 죽고 싶었다. 그러나 지금은 살고 싶다. 과거에 대한 상처를 안고 살았더니 삶의 무게가 무거웠던 거다. 그동안 나는 내가 성장하지 못하도록 스스로를 가둬 두었다. 글을 쓰면서 상처가 조금씩 아물었다. 나에게 글이란 목숨과 같다. 나에 대해 하나하나 알리지 않았다면 나는 지금도 여전히 과거로 인해 힘들어하고 있었을 것이다. 아픈 과거는 무조건 잊고 싶다고 잊히는 게 아니다. 그 시절의 나에게로 돌아가서 아파하는 나와 나의 감정들을 마주 대하고, 슬퍼하고 있는 나를 안아주어야 한다.

그런 면에서 "오지은이 오지은에게"라는 이 타이틀이 진심으로 나에게 도움이 되었다. 먼저 아이디어를 내준 이은대 작가님께 감사하다.

독자들에게 꼭 알려주고 싶은 3가지가 있다.

1. 우울증인 것 같으면 참지 말고 병원 가기.
2. 나에게 맞는 약을 찾을 때까지 지치지 말고 찾기.
3. 우울증을 주변 사람들에게 알리기.

나는 사랑받을 가치가 있는 존재이다. 뻔한 이야기지만, 어릴 때부터 만성 우울증을 겪어온 나는 이 뻔한 사실도 몰랐다. 몸은 성장하고 있었지만 '진짜 어른'이 되는 법을 몰랐다. 한 살 한 살 나이가 들면 저절로 어른이 되는 줄 알았다. 우울증을 치료해오는 동안 미성숙했던 나 자신을 되돌아보는 시간을 가질 수 있었다. 부모님에 대한 사랑과 내가 이룬 가정에 대한 사랑을 지켜나갈 것이다. 1년 전에는 일어날 수 있는 힘이 없었다면, 지금은 힘이 생겼다. 그렇다고 우울증이 갑자기 좋아질 수는 없다는 걸 알고 있다. 지금도 나는 한 걸음씩 나아가고 있는 중이다.

가끔은 여느 때와 같이 우울증으로 힘들 테지만 이제는 더 이상 나 혼자가 아니다. 책을 집필하는 동안도 새벽에 마음이 아파 응급실에 가서 신경 안정제를 맞은 적이 있다. 내가 손을 뻗으면 나를 살릴 수 있는 의사 선생님도 있고, 곁에서 우울증을 잘 견디고 극복할 수 있도록 응원해 주는 남편도 있고, 마음이 많이 아프냐고 물어 봐주는 예쁜 내 아이, 은찬이도 있다. 나를 걱정해 주시는 부모님도 있고, 사랑하는 친구들도 있는데, 내가 살아가지 않을 이유가 없다.

나는 오히려 우울증을 주변에 알리고 나서 더 행복해졌다. 어두운 이야기를 하고 싶을 때 하되, 감정을 알아차려 주면 더 이상 깊이 빠져들지 않는다. 천천히 수면 위로 나올 수 있다. 몸이 아파 며칠 입원하면 답답한 마음에, 빨리 퇴원해서 일상생활을 하고 싶었던 적이 있을 것이다. 마찬가지로 마음이 아파서 일상생활을 못 하게 되면 답답하다. 더 심하면 죽고 싶을 정도로 힘들어진다. 일상생활을 되찾을 수 있다는 희망이 아픈 사람을 움직이게 만든다. 그 희망을 준 것이 나에게는 병원이었고, 약이었다. 사람이 사람답게 움직일 수 있도록 만들 수 있는 희망 말이다. 나는 그랬다. 물론 모든 사람이 다 효과를 볼 수 있는 것은 아닐 수 있겠지만 최소한 내 경험으로는 도움이 되었다.

스스로 우울증이 아닌지 의심이 된다면 병원에 가봐야 한다. 알고 있지만 병원에 가기 두려운 사람이 있다면 이제는 일어나야 한다. 뭐든 처음이 힘든 법이다.

아픈 사람이 글을 쓴다는 것이 쉬운 일은 아니다. 물론 중간에 포기하고 싶을 때도 있었다. 이 글을 끝까지 쓸 수 있도록 도움을 준 이은대 작가는 이렇게 말했다. 작가는 매일 글을 써야 작가라고 말이다. 당연한 말이지만 그 말에 내 마음이 움직이기 시작했다. 내가 치료를 잘 받아야 매일 글을 쓸 수 있고, 책도 끝까지 완성할 수 있는 것이었다. 지금 무언가를 원하고 있다면, 그것을 이루어나가기 위해 이제는 치료를 미루지 말라고 격려하고 싶다. 더 아름다운 미래가 당신을 기다리고 있을 것이다. 나의 경험을 담은 이 책이 나 스스로에게도 울림이 될 뿐만 아니라, 독자에게도 울림이 있는 책이 되었으면 좋겠다. *